不気味で素朴な囲われた世界

西尾維新

KODANSHA NOVELS
講談社ノベルス

CONTENTS

Book Design Hiroto Kumagai Noriyuki Kamatsu
Cover Design Veia
Illustration TAGRO

The
world

is
en

悪は善のことを知っているが、善は悪のことを知らない。

カフカ

もんだい編

I

　ぼく達の時計は時針だけが動いていて分針はずっと停まっている。たとえばそんなそれっぽい一文から小説を書き始めてみれば、割と今風に意味ありげでそこそこ人目を引くのかもしれないが、しかし実際のところはなんの曲もない、ただ単にぼくの通う学校にシンボルのごとく屹立《きつりつ》する時計塔の時計が半年ほど前から壊れているというだけのことである。ぼくの通う学園——私立上総園《かずさえん》学園の中等部。なんでもその煉瓦《れんが》作りの立派な校舎は十年ほど前に欧州のどこかの国から移築してきたものだそうで（向こうではハイスクールとして使用されていたらしいが）、今年の四月、この学校に入学してきたときにはその古風な荘厳さに驚かされ、ぼくは素直に感心したものだったけれど、しかしその校舎群の中心に位置づけられる時計塔の時計が壊れてしまったのでは、全体のイメージも台無しと言わざるを得ないだろう。そんながっかりした視点から見ると、時計塔がただの煉瓦で作られた縦長の直方体に見えてくるから不思議なものだ。イメージとしては時計塔というより先細りのタイプの針が引っ付いた四角い煙突といった感じで、せいぜいクリスマスくらいにしか重宝されそうもない。そしてもちろん実際には煙突ではないので、クリスマスにさえ重宝されないだろう。ぼくが入学した当時にはまだ時計は壊れていなかったのだが、五月ごろに分針が数字の『X』のあたりを指したまま動かなくなり、それから半年後の今現在まで、修理されることもなく放置されっぱなしなのである。修理されない理由は、そう簡単には直せない複雑な故障だから——ではなく、まあ、手間をかけてまで直すほどのものではないと学校側が考えているかららしいと風の噂に聞いた。ひょっとしたら夏休みの間に直されているのではないかと、ぼくはひそかに思っていたのだが、残念ながらそんなことはなかった。二学期になっても壊れた時計は壊れたままだった。どれだけ面倒臭いんだよと呆れたものである。ただまあ、学校側としては（手間がかかるからというのも筋の通った本音ではあるのだろうけれど）、私立の名門校を謳っている以上、そう簡単に部外者（この場合は修理業者さん）を校内に入れたくないのだろうとも考えられる。さすがに来年度の新入生がやってくる頃までには職員室も重い腰を上げるだろうが、それまでは「まあ運が良ければそのうち動き出すかもしれないし」と静観の姿勢を決め込んでいるつもりなのかもしれない。もともとが海外建築の一部である時計のことだ、下手に手を出して取り返しのつかないことになっても一大事である。しかし『残念ながら』とは言ったものの、ぼくはその故障した状態の時計塔をさほど残念だとは思っていない。古風な荘厳さを持つこの学園の雰囲気が、時計塔の故障という一点において台無しになっている状況——しいていうならバランスの崩れた状況というのは、ぼくは実のところ嫌いではないのだ。がっかりではあるが、そのがっかり感がたまらない。落ち着いていない、何かが起こりそうな状態。本来あるべき姿にないものというのはそれだけでどきどきさせてくれる——学校の時計がひとつ、それも片方の針だけが停まっている程度で何かが起きるとは、現実的には到底思えないのだろうけれど。でも蝶々が羽ばたいただけで最終的には竜巻が起こるというようなエピソードもあるにはあることだし、妄想するだけならば罪にはなるまい。つまるところ何が言いたいかというと、上総園学園において時計塔の示す時刻をあてにしていると痛い目を見るということである。分針を無視し、時針だけをあたかも日時計のように意識して——ただいま、午後四時十五分くらい。南校舎一階の図書室の窓から時計塔をなんとなく見上げながら、ぼくは思うともなくそう思った。

　放課後である。

　ぼくは一冊の本を読んでいた。『よくわかる将棋入門　小学生向け』という本である。どうして中学校の図書室に小学生向けの本が置いてあるのかは定かではないが、中学生にもなって小学生向けの将棋入門を読むという行為は想像するだけでぼくらしい被虐嗜好を刺激され、他にもあった将棋入門を脇に除け、本書を手に取ったというわけだ。こんな挑戦的な本を本棚に置かれて読まないようでは、それはもうぼくであってぼくではないと言えよう。図書室を利用する生徒は少ないが、その視線が全て自分を向いているようで（「なんであの一年生、小学生向けの本を読んでるんだ？」「もう十一月なのにまだ小学生気分が抜けていないのか？」「そういえば奴の鞄はどこかランドセルに似ている……」「きっと数学のことをたまに間違えて算数って書いちゃってるのよ」）、ぞくぞくする。

　ああ、自意識過剰ってたーのしっ。

　……まあ、ぼくの鞄は別にランドセルには似ていないのだけれど、とりあえず今でも数学を算数と書くことはあったりする。

「うーむ」

　とりあえず（現実的には一人だっていやしないだろう）観客の目を受けて、ぼくはやや演技過剰に、もっともらしくうなってみせる。サービス精神旺盛な男なのである。しかしそうか、角行は『かくぎょう』と読むのか……道理で病院坂《びょういんざか》先輩はぼくが『かっこう』『かっこう』と言うたびに、にやにやしていたわけだ。

　しかしそれにしてもどうしてこう、どの駒も相手の陣地に入ると金将の動きに成るのだろう？　飛車と角行以外は全部そうじゃないか。金がそれほど便利な駒だとは思わないのだけれど……確かチェスのポーンは、相手の陣地の奥まで行けばキング以外の好きな駒になれるんだったっけ？　そういうシステムにすればいいのに。それはさすがにやり過ぎにしたって、もうちょっとバリエーションをつけて欲しいところではある。

しかしこの入門書、結構わかりやすいな……。

さすが小学生向け。

と、そのときだった。

「あ〜〜〜〜〜〜〜〜。もういた〜〜〜〜〜〜。お待たせ〜〜〜〜っていうか、待たせちゃってごめんね、弔士《ちょうし》くん〜〜〜〜」

図書室の扉を開けるなり、図書室中に響き渡るような大きな声でそんな風に言いながらぼくの座っている席に駆けてくる女生徒があった。校章の色が三年生の青。ここが静寂を旨《むね》とする図書室だと知らないかのような振る舞いに、彼女は自意識過剰でもなんでもなく周囲の視線を集めてしまっていたが、そんなことには一向に構う様子もない。一応説明しておくと、語尾をやたらに伸ばしているのは、最近の彼女の中でのマイブーム『ライトノベルのような音引き』である。他にもこれまで、『純文学のごとき体言止め』『翻訳小説よろしくの注釈』『私小説を思わせる一人称』『漢文らしき返り点』『ファンタジー小説繋がりの幻想』『BL小説チックな俺様』『ケータイ小説によくある（笑）』『SF小説的専門用語』など、彼女は数々のマイブームを披露している。個人的に一番のヒットは『純文学のごとき体言止め』だった。逆に一番迷惑だったのは『漢文らしき返り点』である。そうそう、『私小説を思わせる一人称』はただの『私』だったので、実害はなかったことも付け加えておく。

そんなわけで串中《くしなか》小串《こぐし》。

ぼくの姉だった。

ちなみに血は繋がっている。

「いやー、参っちゃったよ参っちゃったよ参りましちゃったよ参拝しちゃったよ！　掃除がなかなか終わらなくてね。あのまま一生掃除し続けるのかと思ったよ。今何時？　うわ、もう四時五十分か」

「…………」

ぼくの姉は人生経験豊富な中学三年生でありながら、時計塔が故障しているという事実をたまに失念する。というか、言われなければ思い出せない。遺憾ながら、記憶力が無残な方なのだ。

「こぐ姉。正確な時間が知りたいのだったら、携帯電話のほうで確認してください」

姉に敬語。

ぼくのキャラである。

「え？　あ、そかそか、あの時計壊れてるんだっけ。分針だけ停まるなんて変な壊れ方だよね、ってこれ前も言ったっけ？　何度も同じこと言わせないでよ！」

「あ、はい。ごめんなさい……あれ？　ぼくが悪いんですか？」

「えーっと、えとえと。えとえとえとえと、えとさんじゅうにー」

スカートのポケットから携帯電話を取り出すというだけの作業に随分と大騒ぎである。周囲の目が気になったが、どうやら図書委員を含め、皆さん、この小うるさい三年生が串中小串だと気付いたようで、口を出してこない。無理からぬ、誰しも白ら面倒ごとにかかわりたいとは思わないだろうからな……。

「ん。四時十五分か。そっか。十五分くらいの遅刻なら、まあ弔士くんも許してくれるよね」

「そうですね。弔士くんはいい奴ですから」

そもそも怒ってもいない。待ち時間にじっくりと将棋入門を読めたので、逆に感謝したいくらいだった。と、こぐ姉がその将棋入門の本に目をつける。そして「弔士くん、将棋始めるの？」と訊いてきた。『小学生向け』の文字はスルーである。これは放置プレイというよりはこぐ姉の天然だろう。そうであって欲しい。

「始めるというか、始めたというか……なんて言えばいいんでしょう、最近」

えっと。

病院坂先輩のことは――まだ言わないほうがいいのかな。余計な心配をかけるかもしれないし。いくら物忘れの激しい天然系のこぐ姉と言えど、病院坂先輩の噂を知らないということは絶対にないだろうから。

ぼくは誤魔化すことにした。

「最近、ひとりで」

「……ひとりで将棋をやってるの？」

姉が引いていた。

家族に引かれてしまった……。

「つ、詰め将棋なんかは一人でもできますからね」

「駒の動かし方から書いてあるような入門書を読んでいる人に、詰め将棋ができるとは思わないけれど……」

「そんなことはありませんよ。７九飛車！」

空想上の将棋盤に適当に駒を指した。

「６十銀、王手！」

乗ってきた。

ノリのいい姉だった。

しかし通常、将棋盤に十はない。

どうやらこぐ姉もこぐ姉で将棋のことはよく知らないらしい……実はひそかに、病院坂先輩に対する修行の一環として今晩からでもこぐ姉には練習相手になってもらおうと思っていたのだが、その希望は今はかなく消えたようである。

「お姉ちゃんは心配だよう〜〜〜〜」

突然、『ライトノベルのような音引き』と共に、こぐ姉はそんなことを言ってきた。

「弔士くんにも、ついに一緒に将棋を指してくれる友達ができたんだと思ったのに。実際はひとり寂しくそして侘びしく暗い部屋の中で詰め将棋に勤《いそ》しんでいただけだなんて……」

「『寂しく』と『侘びしく』と『暗い部屋の中で』は勝手かつ失礼なイメージですね」

一緒に将棋を指してくれる友達ねえ。そう言えば病院坂先輩は友達なのだろうか？　知り合ったばかりなのでまだよくわからない。一緒に将棋を指す間柄を友達と言うのならば友達なのだろうが。

「まあ、ぼくはいまどきの若者ですからね」

「いまどきの若者だって友達くらい作るよう。なのに弔士くんは哲学者のごとくいつでも一人きりだもん」

「いえ、それも勝手かつ失礼なイメージでしょう。友達だって普通にいますよ。将棋を指してくれるかどうかはわかりませんけれど……」

「でも弔士くん、おうちに友達を連れてきたり、友達の家に遊びに行ったり、昔っから全然しないじゃない」

「それとなく友好的にさりげなく排他的に、適度に親密に適当に対立する。ぼくの主義ですよ」

「うおー」

いまどきの若者だー、とぼくとふたつ違いの姉は唸った。しかし、かくいうこの姉も、別に友達が多いほうではない。むしろ少ないほうに入るだろう。何せ彼女、串中小串は、上総園学園中等部三年生における奇人三人衆のひとりに数えられているくらいなのだから。

「まあぼくの私生活はこぐ姉に心配されるほど無残ではありませんよ。そんなことより、何の用なのですか？」

そもそも、ぼくはそんな積極的に本を読むほうではないので、図書室にはそれほど足を運ばない。それなのに今日、十一月十日の放課後、ここへやってきたのは、何も小学生向けの将棋入門を読むためではないのだ。では何のためかというと、それはぼくにもわからない。ただ五時間目終了後の休み時間に、こぐ姉から『放課後来るべし、図書室に』というメールを受け取ったというだけのことである。何らかの小説の倒置法なのかと思ったが、これは単純に、こぐ姉が書く順序を間違ってしまっただけのようだ。

「ああ、そかそか。忘れてた」

ぼくの姉は人を呼び出しておきながらその用件を忘れていた。

弟としてこんな悲しいことはない……。

「はい、これ」

そう言ってこぐ姉がカラフルな色合いのバッグから取り出したのは（ちなみに上総園学園は表向き自由な校風で売っているので、鞄は自由。ランドセル風であろうがカラフルであろうが）、ハンカチに包まれたお弁当箱だった。

「…………」

「弔士くん、これ忘れて行ったでしょー。駄目だよ、忘れたりしたら全然駄目だよ。せっかくお母さんが作ってくれたんだから」

「……はあ」

確かにぼくは今日、弁当を鞄に入れることなく登校してしまった。そうか、そのお弁当はこぐ姉に託されていたのか……しかし。

しかしだ。

「こぐ姉……それを放課後である今このときに渡されて、ぼくにどうしろというんですか……」

「え？　……、……、……、あっ！」

はっと気付いたように口元を押さえるこぐ姉。

いやいやいやいやいや。

あっ！　じゃねえよ。

「そっか……そういえばお母さん、昼休みまでに届けてあげてって言っていたよ……」

「でしょうねえ……」

さすが母親。

娘のことがよくわかっている。

しかしそんな注意も、忘れられてしまっては意味がない。

「お母さん、『昼休みまでに届けるんだゾ！』って、何回も言ってくれたのに……」

「いえ、ぼく達のお母さんはそんなボーイッシュ系少女みたいなしゃべり方はしません」

「あれ？　そうだっけ」

「記憶力が悪いにもほどがありますよ、こぐ姉……」

「ごめん……」

しゅんとなって謝るこぐ姉だが、どうせ今謝ったこともすぐに忘れてしまうだろう。そういう能天気なところは、確かにこぐ姉の長所でもあるのだけれど。

「まったく、こぐ姉はひと昔前なら感動的な映画の原作にされていただろうってくらいに記憶力が悪いですね……」

「うまいこと言うね、弔士くん……」

しかし、これで案外こぐ姉は暗記系科目の成績がよかったりするのだから侮《あなど》れない。ぱっと見、そしてちょっと話した程度の印象では、遠足の対義語を短足、サナトリウムをナトリウム化合物だと思っていかねないこぐ姉だが、単純な偏差値だけならば、学年でもそれなりに上位に入るはずである。うっかりさんというかなんというか、まあだから要するに天然なのだ。

天然理心流の免許皆伝者とも言われている。

ここで彼女の天然さの例を見せよう。

「こぐ姉、クイズです。朝は四本足、昼は二本足、夜は三本足、なーんだ？」

「スフィンクス！」

はい。

これくらい天然なのだ。

「まあ——大丈夫ですよ」

ぼくはお弁当箱を、それでも一応受け取ってから言う。

「昼ごはんだったら、ふや子さんからわけてもらいましたので」

「あ、そうなの？　さすがふや子ちゃん」

「女の子のお弁当の、更にその半分くらいですからね、分量はさすがに足りませんでしたけど……ぼくにもお弁当を忘れたときに施してくれるような友達はいるということです」

「うんうん」

満足そうに頷《うなず》くこぐ姉。

「お姉ちゃんは安心しました」

「………………」

今のはお前を試したのだというような態度だった。

天然でなければお礼にパンチをプレゼントしたいところである。

「あれ？　何？　昼休み前に渡すのを忘れていたくせに偉そうにとか思ってる？　でもさ、元はと言えば弔士くんがお弁当を家に忘れていったのがことの発端じゃない」

「お」

気付いたか。

「元はと言えば弔士くんがお弁当を家に忘れていったのがことの発端じゃない！！！！！」

「……なんですか、それ」

「ん？『ライトノベルのような』シリーズ第二弾。『ライトノベルのようなビックリマーク連打』」

「………………」

こぐ姉はどうやらちょっと懐かしい芸風のライトノベルを嗜《たしな》んでおられるご様子だ。

あと、感嘆符をエクスクラメーションマークではなくビックリマークと言っているところが絶妙に馬鹿っぽさを演出している。

「あと、『ライトノベルのような巨大フォント』っていうのもあるけれど」

「それはやめておきましょう」

「だね」

「でもこぐ姉、ぼくは別にお弁当箱を忘れていったわけじゃありませんよ」

ぼくは言った。

「あれはわざと置いていったんです」

「はい？」

きょとんとするこぐ姉。

「わざと？　つまり故意にってこと？」

「なぜ難しく言い直すんですか……」

「何よう、もう強がり言っちゃって。本当はただ忘れただけのくせに、わざとだったんだなんて。もっとマシな言い訳はなかったの？」

「マジな言い訳ですよ。ぼくが生まれてこの方一度も強がりを言ったことがないことは、こぐ姉が一番よくご存知でしょう」

この台詞《せりふ》自体は実のところ強がりだったが、しかしこぐ姉は「うーん」と考えさせられたようで少しの間押し黙る。

「……でも、なんでそんなことするのよさ」

疑問のあまり、語尾がピノコになっていた。

「お母さんがせっかく作ってくれたお弁当を、わざと置いていくなんて。弔士くん、お母さんと喧嘩でもしたの？」

「まさか。お母さんには申し訳ないと思っていますよ。ただね——ちょっとだけ、試してみたかったんです」

「試してみたかった？　何を。ダイエット？」

「いやいや、そういう短絡的なことではなく——なんと言いますか、ぼくがお弁当を置いていくことによって、ひょっとしたら何かが起きるんじゃないかと思って」

「何かって、何」

「何か」

何か、日常を揺るがすようなこと。

日常から非日常へと至るようなこと。

けれど何も起きなかった。

いや、正確には日常に変化が起きなかったわけではない——昼休みはふや子さんのご相伴《しょうばん》に与《あず》かり、放課後は滅多にこない図書室に呼び出され、こうしてこぐ姉と詮のないトークを繰り広げている。これだけでも十分に日常は揺らいでいるというべきだろう。コストパフォーマンスを考えれば、十分に満足できる結果といえるのかもしれなかった。

まあ時計塔の分針が停まっても何も起きないよう

な世界なのだ。お弁当を家に置いてきた程度では、こんなものなのだろう。

ふむ。

「今からいいこと言いますから、注目」

「はい？」

「当たり前過ぎるとは思いませんか？」

ぼくは窓の外——時計塔とは反対側、校門のほうを向いて、そしてなるべく平淡な口調で言う。

「ぼくは小学校を卒業して中学校に入って。こぐ姉はもうすぐ高校受験ですよね？　高校の履修を終えれば次は大学ですか。どうしてぼく達って、こんな当たり前みたいに学校に通っているんでしょうね？」

「そりゃ当たり前だからじゃないの？」

こぐ姉は首を傾《かし》げる。

「特に中学校なんて義務教育だし」

「まあそうなんですけれど——しかしこう決まっちゃってる感っていうのがどうも気になるんですよ。できることとやれること、動ける範囲は最初から決まっちゃってるというか……囲われちゃってるというか……選択肢は限られているというか」

「何それ。レールに乗った人生は嫌だとか、そういう話？」

「んー。そう言われるとそうなんですけれど、そうじゃなくって、別に嫌ってことじゃないんですよね——」

「だって思春期によくある悩みじゃん」

「いや、悩んでいるわけじゃないんですよ。ただ、ぼくが首を傾げざるをえないのは、当たり前過ぎるくせにこれはこれで日常として落ち着いちゃっているっていうことでして」

悩みがあるわけじゃないんですよ、とぼくは言う。

「そうなんだ」

「ええ。ぼくの悩みといえば、精々こぐ姉が二段ベッドの上の段をいつまでたっても譲ってくれないということくらいです」

「そんなことで悩んでるんだ……」

「切実な悩みですよ」

ぼくは言う。

静かに。

「日常で当たり前だって、地獄みたいなものですよね——それこそひと昔前の映画でもドラマでも、子供の頃のトラウマをテーマにした物語ってはやったじゃないですか」

「ドラウマ？　ものすごくおいしいって意味？」

「そんな方言はありません」

この人は結構な読書家のはずなのに、どうしてこうも基礎的な単語を知らないのだろう。

「けど、実際に今、現在進行形で子供のぼく達にしてみれば——トラウマがないのがトラウマって感じです」

「ドラウマがないのがドラウマ……」

「間違っておぼえないでください。ぼくが間違って教えたと思われたら心外です」


おっと。

話が逸れた。

「つまりは、平和な日常に疑問を抱いているということですよ。こうも何もかもが当たり前過ぎると、逆に不安になってきます。だから——」

「だから平和な日常を打破して非日常に至るためにお弁当を忘れていったっていうの？」

「そうです。ルーチンワークを乱すために」

「ふうん」

こぐ姉は腕を束《つか》ねた。

「長い言い訳だったね」

「……まあ、このお弁当はちゃんと食べておきましょう。お母さんに申し訳ないと思っているのは少なくとも本当ですし」

今言ったことも別に嘘じゃなく昔から思っていることなのだが、というか結構本気で、具体的には、ああ実の姉に惚れられちゃったらどうしようというレベルで本気で話したつもりだったのだが、しかしまあこぐ姉のような天然人間にこんな話を理解してもらおうというほうが難しいかもしれない。

ぼくの姉は悪気も悪意もない人なのだ。『悪気はなかったんだ！』と言おうとして『上着はなかったんだ！』と言い、『悪意はなかったんだ！』と言おうとして『白衣はなかったんだ！』と言ってしまうくらいに、悪気も悪意もない人なのだ。

そういうところが三年生の奇人三人衆、残り二人の心をつかんで離さないのだろうと思う。ただまあ、こういう天然の姉がいるからこそ、ぼくがこういった人間になってしまったというのはあるのだろうけれど。

「そういう難しい話は、いーのー」

べたー、と図書室の机に張り付くような体勢になって、こぐ姉は言う。

「ドラゴンボールで最後のほう、よく『悪人以外を生き返らせる』って願いを神龍《シェンロン》に叶えてもらっていたけど、それって結果的にはデスノートで夜神月《やがみライト》がやろうとしていたことと一緒じゃないの？　とか、そんな難しい話は、いーのー」

「いや、そんな話はしていませんでした」

確かに難しい話だけれど。

上総園学園は進学校なので道徳の授業はないのだ。倫理はあるが、これは実生活には役立たない。

「弔士くんが一体どんな言葉をかけて欲しいのかわからないけれど、お姉ちゃんはあえて心を鰐にして言うよ！」

「く、クロコダイルに？」

そりゃすげえな。

「弔士くんの言っていることはおかしい！　聞いていて不愉快になるっていうか、ムカついちゃうよ！」

「そう言われると言葉もありません」

「まんが雑誌の目次ページに『作者取材のため休載します』って書いてあるのを見たときくらいムカついちゃうよ！」

「そ、そこまでですか……」

「むきー！」

ぼくの姉はムカついたら『むきー！』と怒鳴る人だった。図書室で。

「けどまあ、最近はこぐ姉みたいに思う人も増えたからか、ただ単に『休載します』とだけ書くパターンが多いみたいですよ」

「甘い甘い甘い！　ハバネロシロップのように甘いよ、弔士くん！」

「甘いんだか辛いんだか微妙な液体ですね」

「楽しみにしている読者をがっかりさせることになるんだから、もっと誠意をもって、きちんと謝罪するべきだと思う！」

「はあ……たとえば？」

「…………………」

考えるこぐ姉。

「……『作者死罪のため休載します』？」

「怖っ！」

落ちがついたところで。

こぐ姉はテンションを落ち着かせて、話を戻す。

「弔士くんはね、暇だからそういうこと考えちゃうんだよ。今やっとわかった。どうして弔士くんの頭がおかしいのか」

「頭がおかしいって言われた……」

「身体を動かせばいいんだよ！」

こぐ姉はナイスアイディアとばかりに、ぼくに人さし指を突きつけながら言う。

「陸上部に入りなさい！　グラウンドを永遠にぐるぐると走り続けていれば、煩悩なんか消えてなくなっちゃうんだから！　多分！」

最後に多分がついた。

説得力は皆無と言ってよかった。

「陸上部の人は他にもいっぱい色んなことをしていると思いますけれど……だいたい、ぼくは運動が苦手なんですよ」

「あ、そっか。でも運動が苦手でも運動部に入れれば運動はできるよ」

「そりゃそうですけれど」

でも悩みって煩悩なのだろうか？

煩わしく悩んでいると書く以上、悩みは悩みか。

日本語って難しいなあ。

「それとも弔士くん、ＵＦＯ研入る？」

「入りませんよ」

そこでどんな運動をするのだ。

「んー？　前に教えてあげたじゃない。こうやってねえ。みんなでおててを繋いで、『ジェントラージエントラー、スペースピープル』って言って宇宙人を呼ぶんだよ」

「紳士的な宇宙人が来そうですね……」

しかし消費カロリーの少なそうな運動である。

「却下」

ぼくはにべもなく言った。

しかしこぐ姉はめげることなく、

「運動が駄目なら音楽だよ！」

と第二案を出してきてくれた。

ありがたい人だ。

ありがた迷惑な人でもある。

「そうだよ、時代はロックだよ！」

「はあ……ぼくは音楽は疎《うと》いんですけれど……」

いや、厳密には、将棋と一緒で最近はまったく聴かなくもないのだけれど、それも病院坂先輩繋がりの話だから、やっぱりこぐ姉にはしないほうがいいんだろうな……。

「弔士くんギタリストになりなよ！　お姉ちゃんはドラミストになるからさ！」

「…………」

リボンつきの黄色くて優秀な、メロンパン好きの猫型妹ロボットの熱狂的なファンになるという意味だろうか？

そんなわけがない。

「こぐ姉、それをいうならドラマーです」

「え？　ああそうだっけ。しまったしまった、英国訛りが出ちゃったよ」

小学生の頃イギリスに留学していた帰国子女という脳内設定を持つ姉である。弟のぼくはそれが嘘だと知っている。

「そんなふざけたことを言ってないで。間違ったんだから、ちゃんと謝ってください」

正式な謝罪を要求した。

「え……、あ、ごめんなさい……ドラマーをドラミストなんて言ってごめんなさい……ていうか英国にごめんなさい……」

戸惑いながらも、国レベルで謝るこぐ姉。

姉でなければ萌えているところだった。

「許してあげましょう」

英国にかわって許してあげる、寛大なぼくだった。

「そうだよね。ドラミストだったら、『すごい霧』みたいな意味になっちゃうよね。あ、でもそれってロンドンっぽい？」

「ですから『どら』などという方言はありません」

「ふうん」

「でも、こぐ姉、ドラムなんて叩けるんですか？」

「ううん？　叩けないよ？　でもほら、ドラムってステージの上でひとりだけ座ってて、楽そうじゃん」

「……………っ！」

衝撃の理由だった。

そんな思想を持つ人間とバンドは組みたくない。

「まあ、ぼくもギターを弾けるわけじゃないんですけれどね――というわけで却下です」

「えー、面白そうなのに。ローヤくんやクロちゃんにもメンバーに入ってもらってさ。そうだ、せっかくだからふや子ちゃんも誘おう。ローヤくんがキーボードでクロちゃんがベース。でふや子ちゃんがヴォーカル。バンド名は、そうだね……」

こぐ姉の頭の中で、着々と架空のバンドが結成されていた。却下とは言ったものの、面白いのでもう少し黙って聞いておく。

「軽音楽部！」

「………」

部活名だった。

むろん、そんな浮ついた部活動は我が将来の母校、上総園学園には存在しない。UFO研は実在するが、あれは浮ついていない、むしろ沈んでいるようなものなのでよしとする。

「却下」

「きょっか？」

言葉遊びを装って自分に都合のいい聞き違えを試みるこぐ姉だった。しかし平仮名に開かないとわかりづらいし、仕上がりがちょっと美しくない。言葉遊びレベル2。

むろん、人生は常に辛く世の風はいつも冷たい。ぼくは流して、話を続ける。

「時代はロックではありません」

「ロックでもない世の中だね！」

「ええ」

頷きながら、ぼくは嫌な汗をかいていた。面白くないギャグを流すというのは思いのほか体力を浪費するのだ。

「じゃあ、癒し系ミュージックとかやろうか」

「音楽から離れてください」

「そ。残念。まあいいか。『癒し』という漢字は難しくって全然癒されないし」

「何気に鋭いこと言いますね……」

「んー。しかしスポーツも駄目で音楽も駄目か。となると、残る道はひとつしかないよね」

「興味ありますね。聞かせてください」

自ら泥沼にはまるぼく。

だから被虐趣味なのだ。

「でも読書とかは勘弁してくださいよ。ぼくはこぐ姉とは違って本を読むのが苦手なので」

「そんなこと知ってるって、わかってるって。自分の趣味を押し付けようってほどお姉ちゃんは野暮じゃないよ。弔士くん、O・ヘンリとオードリー・ヘップバーンの区別がつかないんだもんね」

「…………………」

それは小学二年生のときの勘違いだ。

さすが家族、随分な古傷をえぐってくれる。

「……で、じゃあ何なんですか？」

「恋だね！」

「おおっ、中学生っぽい！」

「色恋だね！」

「一気に大人っぽい雰囲気に⁉」

姉弟的呼吸。

こういう流れになると相手が何を言うのか、そして何を言って欲しいのか、だいたいのところわかるのだ。

「女の一人でも作れば平和な日常がどうとか変化のない世の中がどうとかいうつまらない悩みは遥か地平線の向こうだゾ！　あ、いけない。お母さんの口調が移っちゃった」

「だからぼく達のお母さんはそんなはっちゃけた人じゃありません……！」

ただまあ、口調はともかくとして、言われてみれば実際そういうものなのかもしれない。単純で何のてらいもない発想ではあるが、しかしそれだけに的を射ている。そうだ、人は恋の道にこそ生きるべきなのだ。

「そう、人という字は一本の道がふた筋に分かれてできている……」

「いや弔士くん、それは入るって言う字だよ！」

ボケも間違っていれば突っ込みも間違っていた。

たーのしっ。

「つまりねー、弔士くんはなんだかんだ言って、大人になりたくないだけなんだよ。小理屈こね回してそれっぽいこと言っちゃって、ただ単に、小学校から中学校に上がって、情緒不安定になってるだけなんだよ」

「大人になりたくない……ですか」

「そう。ピーターパン将軍だね」

「強そうですね……」

ネバーランドにも軍隊はあるのだろうか。

ていうか、ピーターパン症候群。言葉の真ん中を抜くのはわかりにくい。言葉遊びレベル3。

「ティンカーベル砲発射――っ！」

「何をっ！　フック無敵艦隊には通じませんっ！」

遊び開始。

ここが図書室だと忘れている。

「しかしティンカーベル砲とは、ピーターパン将軍も随分な非人道的兵器を使いますね……」

「違う違う。ティンカーベルが開発したからティンカーベル砲」

細かい設定があった。

しかしそんなティンカーベルは嫌だ……。

「そんなティンカーベルとは恋できないので、ぼくは人間の女の子と恋に落ちることにします」

遊びに飽きたので、話を戻す。強引に。

「おうおう。手始めにお姉ちゃんなんかどう？」

「ぼくは親族に恋する変態ではありませんので、その提案については遠慮します。健全が財産、健全第一の串中弔士であります」

「さすが、名前に一本筋が通ってるっ！」

「いえいえお姉さまこそ！」

『相手を褒めているようで自分を褒める』の応酬だった。はたから見ていてどうなんだろうと思って周囲をうかがったが、いつのまにか周囲には人はいなかった。ただ、カウンターの向こうで図書委員の人が我関せずと読書に熱中してるばかりだった。馬鹿姉弟がうるさいのでみんな出て行ってしまったようだ。

うーん。

言い訳の余地がないくらいこちらが悪いからもちろん反省はするけれど、しかし誰かひとりくらい注意する人間がいてもよさそうなものだ。特に図書委員、あなたがたは何を読んでいるんだ。

奇人三人衆の看板はそこまで有効なのだろうか。

まあ、三人衆なんていっても、実際のところこぐ姉は残りのふたりとはちょっと違うんだけれど……いや逆なのか？　残りのふたりのほうが違うのか？　なんだかんだいって三人衆を仕切っているのはこぐ姉なんだしなあ。

あ、そうだ。

そうだな、こういうのは思い立ったが口実だ。

「よし、こぐ姉。じゃあぼく、ちょっと告って来ますよ」

「わー、弟がすれた高校生みたいな雑な台詞を」

「雑なってなんですか」

「ふっ、定冠詞よ」

「…………」

気の利いた返しを言おうとして、こぐ姉は日本語には存在しない品詞を口にしていた。

ひょっとしたらぼくが見せられているこぐ姉の通知表は何者かによって改竄《かいざん》されたものなのかもしれない……それとも『雑』と『The』の言葉遊びか？　だとしたら、わかりにくいけど意外性を評価して、言葉遊びレベル6。

「で、誰に告るの？」

「んー」

妥当な線としてはふや子さんかなあ？　クラスメイトとして机を並べて半年以上が経過している、そろそろ彼女はぼくに惚れていてもおかしくない。お弁当をわけてくれたしな。

しかしそれはどうも予定調和という感じがする。日常。

当たり前過ぎるというか、ふや子さんに関してはこちらから告るより向こうから告って欲しいという欲求があるんだよな。

それよりもぼくは日常に変化を求める男。むろんだからと言ってぼくは姉に走るようなアブノーマルくんではない。

となると残る標的はひとり。

「ろり先輩です」

「ああ、クロちゃん」

こぐ姉は納得した風に頷く。

このセレクトには姉として文句はないようだ。頼んだら紹介状を書いてくれるかもしれなかった。しかしそれには及ばない……奇人三人衆のひとり、相手にとって不足はない。ろり先輩はぼくの勇気と男気を試すいい試金石となるだろう。

「となると善は急げ。こぐ姉、ろり先輩は部室にいますか?」

「いると思うよー。じゃあ、お姉ちゃんは遠慮して三十分くらい遅れていくよ。頑張ってね、マイブラザー」

「ヤー、マイシスター」

「神の誤解がありますように」

「…………」

姉は呪いの言葉で弟を送り出すつもりだった。

怖いなあ。

ぼくは椅子から立ち上がって、早速UFO研の部室へと向かおうとした——と、将棋入門の本が目に付く。ああ、これどうしようかな……借りていこうか。いや、いいや、だいたい読んじゃったし。ぼくは帰りがけに本棚に戻すために、その小学生向けの本を手に取る。ふっふっふ。角行の読み方がわかった今、ぼくに敵はいない。今度の対局でこそ病院坂先輩をぎゃふんと言わせてやるぜ……いや、本当に聞いてみたいものだ。

「いい助言、ありがとうございました」

「いえいえー、礼には及ばずといえども遠からずー」

「こぐ姉とは、もっと早く出会いたかったですね」

「弔士くんが生まれたときから十三年間ずっと一緒だけどね!」

「……こぐ姉は」

「ん?」

「こぐ姉は桂馬って感じですよね」

「けいま? ああ、将棋の話?」

一歩遅れて話についてくるこぐ姉。

「なんでお姉ちゃんが桂馬なの？」

「トリッキーな動きで相手を攪乱する。将棋の駒の中で唯一、他の駒を飛び越えられる駒だからですよ」

こぐ姉のイメージにぴったりだ。

しかしこぐ姉は不満そうに、

「なんか間抜けっぽいなあ」

などという。

「桂の高飛び歩の餌食って言うじゃん。桂馬ってどうも間の抜けてるイメージがあるのよね」

「こぐ姉も一応、それくらいは知っていますか」

「当然よ。お姉ちゃん、ちょっと将棋にはうるさいよー？」

「…………」

将棋盤の大きさも知らないのにか。

まあ、そういうところも桂馬っぽいな。

「歩頭の桂に妙手ありとも言いますよ。でも、確かに早めになったほうがいいですね」

「なるって、成桂に？」


「いえ、大人に」

人のことは言えなかった。

ぼくはこぐ姉に別れを告げ、図書室を後にする。

II

正直村と嘘つき村のクイズを知っているだろうか。一応訊いてみたものの、有名なクイズなのでまず知らない人はいないと思うけれど、念のためにとりあえず説明しておくとそれはこんなクイズだ。人という漢字のように、一本の道がふた筋に分かれている三叉路《さんさろ》があった。ふた筋の道のうち、どちらかが正直村に通じていて、どちらかが嘘つき村に通じている。その分かれ道にひとりの若者が立っていて、彼は正直村か嘘つき村、どちらかの住人である。正直村の人間は本当のことしか言わないし、嘘つき村の住人は嘘しか言わない。さて、あなたは正直村に行きたいのだった。ここで分かれ道に立つこの若者に一回だけ質問し、どちらの道が正直村に通じる道なのかを知るためには、どういう質問をすればいいか？　そんな問題である。まあクイズとはいえ一応論理学的要素も含んでいるので、ちょっと考えればすぐに真相には辿り着くが、ここで重要なのはこのクイズの答ではない。

正直村の住人はわかる。

しかし嘘つき村の住人って、どんな連中なんだ？　どんな生活を送っているのだ？

……その疑問の答が、ＵＦＯ研にはある。

図書室のある南校舎から離れ、部室棟の二階、一番端っこの部屋。そこがＵＦＯ研の部室だ。ぼくは「串中弔士、這入《はい》りますー」と挨拶をしてから、そのドアを開ける。

その瞬間、ぼくは失敗を悟った。

ああそうだ。

こぐ姉がいくら気を遣ってくれたところで、ろり先輩がひとりで部室にいてくれなければ何の意味もないじゃないか。いくら被虐趣味のぼくでも、人前で告白しようというほどにマゾとして完成されていない。

ＵＦＯ研の構成人数は三人（ちなみにぼくは非研究員である）。部室内には現在、その三人のうち二人がいた。ろり先輩こと童野《どうの》黒理《くろり》先輩（三年・十五歳）と、崖村牢弥《がけむらろうや》先輩（三年・十五歳）である。あとここに、会長のこぐ姉——串中小串（三年・十五歳）を加えて、ＵＦＯ研である。

全員三年生。

一年生、二年生はいない。まあ十一月も上旬を終了しようとしていて、普通ならば三年生はとっくに引退していなくなっているはずなのだが、そもそもせいぜい紳士っぽい宇宙人を呼ぶくらいしかすることのない、主な活動が部室でお喋りをすることだというＵＦＯ研にそんな理屈は通用しない。まあ今の状態じゃこのＵＦＯ研、三年生が引退したらその時点で潰れちゃうわけだし。

「どーも！　お邪魔します！」

努めて明るくぼくは部室内に踏み入る。

ふたりの先輩……ろり先輩と崖村先輩の反応はいつも通りにあべこべだった。

「よう、串中弟。最近顔見せてなかったじゃねえかよこの野郎」

乱暴な口調とは裏腹に、親愛の情がたっぷり、迷惑なくらいにこもった言葉を投げかけてくれたのは崖村先輩。三年生だとしてもちょっとありえないくらいに背が高く、手足が長い。狭い部室の中に、ちょっとばかりあまっちゃっている感じである。上総園学園の制服ということで学ラン姿。しかしその学ランはあちこちが破れていて、彼の乱れた私生活を予想させた。

対する（別に対しているわけではないが）ろり先輩はと言えば、

「いらっしゃい弔士くん。歓迎するわ、よく来てくれたわね」

などと、表面上はウエルカムなことを言いながら、こちらには一瞥《いちべつ》もくれず、オカルト系の雑誌から目を離さない。邪魔だ、何をしに来た、さっさと帰れというオーラをひしひしと感じる。

そう、童野黒理。

彼女が嘘つき村の住人である。

幼き頃から嘘しか口にしないと心に決め、その主義を十五歳の今までずっと貫いているのだという。ぼくはろり先輩とは、こぐ姉を通じて、まだ半年ちょっとの付き合いだが、その半年間、一度として彼女が真実を口にするのを聞いたことがない。こぐ姉からのちょっとしたサプライズとして、そんな事前情報を与えられていない状態で初対面を果したため、ぼくは随分と長い間、ろり先輩の本名を間違えておぼえていた。そんな彼女がいち中学生として普遍的なコミュニケーションを取れるわけもなく、落ち着いた位置が奇人三人衆のひとりである。

奇人三人衆の最後の一人は言うまでもなくここにおわす崖村先輩だが、この人の場合は別に正直村の住人というわけではない。かなりあけっぴろげで裏表のない性格だから、そう言って言えないことはないけれど、まあしかし、崖村先輩の人格は正直の二文字からはほど遠い。この辺りで一番の金持ちの息子ということで、かなり放蕩《ほうとう》な性格に仕上がっているのである。

さすがにこちらはつい数ヵ月前に引退したが、崖村先輩は個人生徒会（全ての役職を自分が担当）としてこの学園に一年生の頃から君臨していたのだ。腕に五重六重に腕章を巻き、廊下を闊歩していく姿は本当に印象的だった。幸い、そんな破綻した性格でも崖村先輩は仕事面においては非常に優秀だったため、特に問題が起こることはなく、最終的に任期を終える形になったらしい。まあ今の生徒会（通常のシステムに戻っている）にも、色々と口を出しているとは聞くが、基本的に今の崖村先輩は、いちUFO研研究員である。

まあ、ろり先輩が銀将で崖村先輩は飛車ってところかな？

で、桂馬のこぐ姉がリーダーとしてその二人を従えている、と。

　そういう構図である。

　崖村先輩を押さえていれば、下級生の図書委員あたりではこぐ姉には口出しできないのだった。当のこぐ姉はそんなこと、ちっとも考えちゃいないだろうが……とにかく天然なのだ。

「そんなところに立ってないで座りなさいよ。そうだ、ここに座ればいいわ」

　壁に立てかけてあるパイプ椅子を開くことなく、ろり先輩は席を立って自分の座っていた椅子を勧めてきた。度の過ぎた親切だが、しかしこれが嘘だとわかっているから恐ろしい。ぼくが座ろうとしたら、その椅子を後ろに引くつもりなのだ。

　そう、ぼくはろり先輩からえらく嫌われているのだった。ぼくは先輩にうっとりしているが、先輩はぼくを鬱陶《うっとう》しがっているのだ（言葉遊びレベル2）。とにかくつんけんしてことあるごとに食ってかかってくる、あるいはことあるごとにシカトされる。言葉だけは裏腹なので、逆に怖い。

　魅惑の先輩ではあるが、疑惑の先輩でもあるのだった。

「どうしたの？　座らないの？」

「ええ、立ってます」

「ちっ」

　舌打ちされた。

　耳打ちだったらよかったのにと思うぼくだった。

「そうだ、弔士くんのためにジュースを買ってきてあげる。帰ってくるまで待っててね」

　そう言うが早いか、止める間もなくろり先輩は部室から外に出て行ってしまった。ただジュースを買いにいくだけにしては鞄から何から、私物を全部持っていってしまったが、いったいどこの自販機まで行くつもりだろう。そもそもこの部室にはミニ冷蔵庫があって、当面の飲み物くらいならそこに入っているのだが。

　なんて考えるのもばかばかしい。

全部嘘である。

しかし、顔を見るなり逃げられるほど嫌われているのか……ぞくぞくするなあ。

「かっかっかっか」

崖村先輩が、少年漫画の悪役みたいな笑いかたをした。劇場型人間というか、この先輩、割とパフォーマンスを好むところがあるのだ。

うーん……ろり先輩目当てで来たのに、崖村先輩とふたりっきりになってしまった……。あまりにも目論見《もくろみ》と現実が違い過ぎる。

天使に会いにきたら天狗に会っちゃった感じ。

似たようなものでありながら、実際のところは全然違う。

「相変わらず仲悪いな、お前と童野は」

「いや、仲が悪いというレベルじゃないと思いますが……」

そもそも悪くなるような仲が成立していない。

会話さえも成立していなかった。


まあろり先輩と会話が成立する人なんて、実際のところはこぐ姉と崖村先輩くらいのものなのだが。

しかしそれは両者とも、相手の話をよく聞かない人間だからであって、そういう意味では会話はやっぱり成立していないとも言える。

ろり先輩は孤独なのだ。

そういうところもそそる。

孤独な女子には手を差し伸べずにはいられない……孤独な女子には手を差し伸べずにはいられない！

……我ながらいい奴というよりただの変態っぽい思想だった。

「気にするなよ。あいつは会長のことが大好きだからな。会長の弟であるお前が羨ましくって妬ましくってしょうがないのさ」

「そうなんですかねえ」

生徒会長時代から崖村先輩はこぐ姉のことを会長と呼んでいた。それはＵＦＯ研究会会長という意味なのだが、しかし生徒会長に会長と呼ぶ相手がいるという構造が面白くて、しばらく面白く観察していた覚えがある。

「しかしその崖村説を採用してしまいますと、ろり先輩は百合先輩ということになるのですが」

「中学生くらいなら可愛いもんじゃやねえの？」

「ふうむ」

まあ確かに萌えポイントではある。

そうじゃないかとも思っていたし。

妬まれている、か。

「実を言えば、今日はぼく、ろり先輩に告白しに来たんですけれどね」

「は？　犯した罪をか？」

「いえ、愛の告白を」

「はあ」

なんということもなさそうな崖村先輩。さすが女性八人と同時に付き合っているという噂がまことしやかに囁《ささや》かれているだけあって、この程度の意外性では動じもしない。うーむ。ろり先輩に告白くらいじゃあ、平和な日常は揺るがないのだろうか。

なんだかなあ。

「つってもお前、童野がお前のこと嫌ってることくらいわかってんだろうが。あんな怖い女に嫌われたら、俺ならこの部屋に近寄りもしねえぞ」

「んー。その嫌っているというのが、いいんですよね。確かに難易度は高いんですけれど」

「はあ？」

「先輩、少女漫画とか読みます？」

ぼくは部室の中を移動し、壁際の棚の前にまで歩いて、崖村先輩にそう言った。

「ヒロインの女の子が最初は嫌ってる男とハッピーエンドを迎えたりなんかしたりする話が、なかでもぼくは好きでしてね」

「最初はっつーか、多分お前、最終的にも童野には嫌われっぱなしだと思うぜ」

「いえいえ、最終的にはですね、ろり先輩がこう照れた仕草で、顔を真っ赤にしながら『……大嫌い』

ってこう、人生最後の嘘をつくという――」

「漫画の読み過ぎだ」

実際にはそんなことはねえ、という崖村先輩。

「だからいいんじゃないですか。実際にはないはずのことが起きれば、それは平和な日常の打破っていうか――当たり前過ぎる世の中に対して一石を投じる結果になると言うか」

「ばかなこと言ってるなあ。一年坊らしいとこもあるんじゃねえか、串中弟。いや、ちょっと早熟なのかな？　普段と違うことをすれば何か起こるかもしれないってか」

「そんなところです」

「ったく、こいつは呆れたアキレス腱だ。そんなんで女心を弄《もてあそ》ばれる俺の幼馴染の身にもなれよ」

「いやいや、ろり先輩のことを憎からず思っているのは本当ですよ」

そうなのだ。

ろり先輩と崖村先輩は幼馴染同士の関係なのだ。親同士の仲もよく、赤ちゃんの頃からずっと一緒に成長して来たのだとか。幼馴染だとか何だとか、それこそ少女漫画である。ろり先輩がぼくのことを好んでいるという崖村説の真偽はともかく、少なくともぼくは崖村先輩を妬ましいと思っていた。いいなあ、子供の頃一緒にお風呂に入ったりしたんだろうなあ。いやひょっとすると今だって……（思考の暴走）。

「好きな子にちょっかいかけたくなる気持ちってのはよくあるけどよ。お前の場合はあれだよな、嫌われてるからちょっかいかけたくなるって感じか？　相手の反応が面白くてな」

「やだなあ。ぼくはそんな底意地の悪い人間じゃありませんよ」

「お前は密かにいかれてる」

崖村先輩は言った。

「いかれてるならいかれてるってわかるように振舞えよ。俺や童野、あるいはそう……二年の病院坂みたいにな。それでこそ世間様と相容れようってもんだ。何の皮かぶってるつもりなのか知らないが——言葉をオブラートに包み過ぎだぜ」

「過大評価ですよ」

いや、過大評価なのかな？

悪口を言われているだけのような気もするが。

「ただ、ぼくは予定調和っていうのが苦手なだけでしてね。平和な日常に飽いて、スリルを楽しむ人間です。お、こういう言い方をすればなんだか格好いいですね」

「スリルを楽しむ人間か」

崖村先輩は笑う。嘲笑のような笑みだった。父親から帝王学を学ばされている彼は、十五歳にして他人を見下すことに慣れているのだ。

「アメリカに留学してた頃、同じことを言ってた奴がいたぜ」

「はい？」

こぐ姉のような脳内設定ではなく、崖村先輩には本当に留学経験があるのは知っているが（小学生の頃に海外に住んでいたらしい）、しかしいきなり何を言い出すのだろう。

「そいつはあっという間にわけのわからん事件を起こして行方不明になっちまったよ。小学生にして指名手配ってわけだ。そんな奴が、一人や二人じゃなかった。俺はそういう本物を知ってるから——だから、お前の言うことが酷《ひど》く薄っぺらく感じるぜ、串中弟」

「…………」

「お前はいかれた偽物だ」

だから——と、崖村先輩は言った。

「あんまり童野を苛めるな」

「……そんなつもりはないんですけれどねえ」

いやはや告白しようとして苛めだと言われてしまうとは。こぐ姉も過保護な姉だけれど、崖村先輩もなかなか過保護な幼馴染である。まあこの分じゃ、ろり先輩への告白は諦めたほうがいいか。するにしても日を改めるべきだろう。元個人生徒会、崖村牢弥は敵に回すべきじゃない。

「飛車だと思ったけれど、どうやら金将だったみたいですね」

「は？」

「いえ、イメージですよ。崖村先輩のイメージ。ちなみにこぐ姉が桂馬でろり先輩は銀将です」

「へえ。ちなみにお前は何なのよ」

「えっと」

考えてなかったな。

ぼくはしばし思案する。

「王将……ですかね」

「おいおいおいおいおいおいおいおいおいおいおい」

今までの人生でかつてないほど「おい」と言われた。崖村先輩は呆れた調子で続ける。

「なんでてめーはしっかり王様気取りなんだよ、こら」

「いや、立ち位置じゃなくて駒の動きの問題ですよ。王様気取りだなんてとんでもない。全方向に動けるけれど、それは全て逃げるための動きだと言いますか……王で王手を打つケースなんて、まずないでしょう？」

「ん？　ああ……そっか」

「それにこういう言い方もできます」

ぼくは言った。

「この世に存在する全ての人間にとって自身の王は自身であるべきなのだと」

「……だったらせめて謙遜して玉将くらいのことは言っとけよ」

「王将と玉将の違いはよくわかりません」

小学生向けの入門書を読んだ限りでは不明だった。しかしそう言われてみれば気になるので、機会があれば病院坂先輩に訊いてみるとしよう。

「まあ将棋の話なんざどうでもいいや。それよりお前の姉貴の話をしようぜ。もう五時になろうってのにあいつ来ねえけど、何か知らねえ？　さっきメール打ったけど、返信ねえし」

「はっはっは。知っているけど教えません」

「なんだとてめえ」

途端剣呑な雰囲気になる崖村先輩。そこに親愛の情は全く感じられない……けれどそのことは驚くには値しない。さっきの崖村説を暫定的に採用するとして、ならば崖村先輩はその逆である。崖村先輩は崖村先輩でこぐ姉会長にメロメロなので、こぐ姉の実弟であるぼくはそれゆえに恩恵に与かっているということなのだ。そうでなければ崖村先輩みたいな人がぼくみたいな『いかれた偽物』を相手にしてくれるとは思えない。まあそういうところも素直というか、わかりやすい人である。しかし崖村先輩がぼくからろり先輩をガードした以上、ぼくも崖村先輩からこぐ姉をガードせざるを得ないのだ。

まあ、そうでなくともガードするけど。

「ぼくの大事なピーチ姫を、崖村先輩のような『昔の漫画だったら番長』みたいな人に渡すわけにはいきませんからねえ」

「誰が番長だ誰が。俺はガキ大将ってほうなんだよ。リサイタル開くぞこの野郎」

「しかし女性八人と付き合っていて、そのうち一人は人妻だという噂まである崖村先輩を姉に近づけたくないと思うのは弟として当然と思う次第」

「それはそもそもデマだし、人妻云々はたった今お前が創作した話だとしか思えねえ」

「冗談はともかく、もうすぐ来ると思いますよ。ぼくがろり先輩に告るつもりだって言ったら、気を回してくれただけです。あと十分くらいですかね？ ぼくはもう行きますから、好きなだけダベっていてくださいよ」

「んだよ。別に追い出すつもりはねえぞ」

「ろり先輩がいないUFO研部室はただの危険物展示場ですからね。怪我しないうちに退散させてもらいますよ」

危険物展示場というのは、別に崖村先輩のことを指して比喩表現として言っているのではなく、現状を示す率直な言葉である。今ぼくが背にしているスチール棚には、ちょっとこれまずいんじゃないかという数々の物品が並んでいるのだ。具体的には刃物だったり薬品だったり拘束具だったり……紳士的な宇宙人を解剖するつもりで集めたとしか思えない数々の危険物は、崖村先輩が金にあかせて蒐集《しゅうしゅう》した自慢のコレクションである。見つけるべき職種のかたに見つかればただちに後ろに手が回りかねないそのコレクションの数をなんとなく数えたことがあるが、途中で数えるのをやめたくなるほどの量だった。UFO研らしいと言えばUFO研らしい備品なのだろうか？　しかし崖村先輩がこれらを集めたのはUFOや宇宙人のためではなくこぐ姉のためだし、こぐ姉はこぐ姉で、UFO研に入った理由は中学入学当時SF小説に嵌《はま》っていたからというミーハーな動機で（『SF小説的専門用語』）、実際にこういうオカルトめいたことに興味を持っているのはメンバーの中でろり先輩だけのようなのだが……そのろり先輩だって、こぐ姉目当てのきらいがあるようだし。本当形だけだな、このUFO研。

　それだけに棚に収められ、適当に管理されている危険物の数々には、真剣に背筋が震えるものがあるのだった。

「いいのかい？　愛しのこぐ姉と俺が二人きりになっちまうぜ」

「ぼくなんかが心配するまでもなく、こぐ姉は崖村先輩にはなびきませんよ」

　きっぱり言った。

　ぐ、と言葉に詰まる崖村先輩……こういう崖村先輩は珍しい。最強無敵の中学三年生である崖村先輩にとってこぐ姉がウイークポイントであることは間違いがないのだ。

「こぐ姉が崖村先輩になびく確率は、まさしく文学的確率です」

「天文学的確率じゃねえのか？　文学的確率ってどれくらいだ？」

「…………」

文学的確率の例を考えていなくもなかったのだが、崖村先輩の突っ込みがなんだか真面目な詰問口調だったからやりづらくなってしまったので、ぼくはこのトークを続けるのを諦め（諦めはいいほうだ）、

「あの人は自由ですから。そしてその割に、天然に支配的だ」

と、会話を締めた。

「……だな」

皮肉げな口調で、そんなことを言う崖村先輩。

「俺や童野じゃ太刀打ちできないのかもしれねーや。……お前の姉貴とためはれる奴って言えば……この学校じゃ、やっぱり病院坂くらいか」

「崖村先輩は……よく病院坂先輩のことを口にしますね」

「ん？　ああ。あいつは日本じゃ俺以外には滅多に見ねえ本物だからな。そして俺以上の本物となればば、あいつくらいのもんだろう。それこそ、将棋で言えば飛車角ってとこじゃねえのか？」

「…………」

あ、そうか。

どうして今まで思い至らなかったのかという話だが、崖村先輩が三年で病院坂先輩が二年なのだから、崖村先輩が個人生徒会をやっていた頃、学校一の問題児である病院坂先輩のことを普通よりも強い思い入れを持って見ていたとしてもおかしくはない。こぐ姉・崖村先輩・ろり先輩が奇人三人衆ならば、病院坂先輩は一人奇人だからな。

しかしここで病院坂先輩の話題とは、崖村先輩はいい振りをしてくれたものだ。そうだ、ろり先輩が封じられた以上、まさか崖村先輩に告るわけにもいかないし（まあ、崖村先輩が『BL小説チックな俺様』だと言えば、それはそうなのだが）、告白の対象を別に移す必要がある。そこでどうだ、病院坂先輩というのは意外と盲点ではなかろうか。ふーむ

……。

「なんだ？　なんか悪いこと企んでるのか？　だったら俺も混ぜろよ」

「いやいや……そういうわけでは」

ぼくが病院坂先輩と親交がある、一緒に将棋をするような仲だということはこぐ姉にも秘密にしているのだ、崖村先輩の知るところではない。というか現時点では誰も知らないはずだ。病院坂先輩はああいう人だし、ぼくが黙っていれば誰にも露見することはないだろう。そこまで秘密にするようなことじゃないとは思うけれど……。

「それでは、またいつか」

しかし崖村先輩やこぐ姉、ろり先輩は受験勉強をしなくていいのだろうかと思いながら（ぼくはまだ一年生だからそのあたりの仕組みはよくわからないけれど、いくら私立のエスカレーター校といっても、全く自動的に上にいけるわけでもないだろうに）、ぼくは崖村先輩に挨拶をして、ＵＦＯ研の部室から外に出た。

扉のすぐ脇にろり先輩がいた。

「うわ」

びっくりした。

ああなるほど、『ジュースを買いに行ってくる』が嘘だったのだから、ろり先輩が別に廊下で聞き耳を立てていたとしても間違っちゃいないのか。だとすればぼくがろり先輩に告白しようとしていたこともばれてしまったかもしれない。そう思っていると、案の定ろり先輩は、

「弔士くん。あなた、私のことが嫌いなの？」

と訊いてきた。

疑問文でも微妙に嘘。

キャラ作りも大変だ。

ここで告白しちゃってもいいのだが、しかし扉一枚隔てて崖村先輩がいることを考えると、それは控えたほうがいいだろう。ぼくは疑問文に疑問文を返すことで、この場を逃れることにした。

「ろり先輩はぼくのことが嫌いなんですか？」

「いいえ？」

ろり先輩は不機嫌そうに首肯しながら言う。

「わたし、あなたみたいな子が大好きよ」

「………」

うーむ。

嘘だとわかっていてもこういうのは嬉しいものだな。しかもいい声で言ってくれる。脱兎のごとく録音したかった（脱兎とDATがかかっている。ちなみにDATとは『Digital audio tape recorder』の略で、いわゆるテープレコーダーのことである。素早く録音したいという二重の意味を孕《はら》んだ言葉遊びだが、DATという言葉がもう一般的には通じなくなっているためこのように長い説明を必要とするので自分に厳しく採点、言葉遊びレベル1）。

しかし本当に嫌われてるんだな。

いっそすがすがしいや。

「もしも弔士くんがわたしのことを好きなら、わたし達両思いなのだから是非付き合いましょう。わたし達今日から恋人同士よ。部活動が終わったらすぐに行くから、六時まで学校そばの公園で待っていてくれる？」

「ええ、喜んで」

もちろんぼくがどんなにろり先輩のことが好きでもぼく達は両思いでもないし、恋人同士にもならないし、部活動という名の暇つぶしのお喋りが終わったところで、ろり先輩は学校そばの公園に近寄りもしないだろう。けれどぼくは快く頷くのだった。女性の嘘を楽しめるようになると、なんだか紳士という感じだ。ジェントラージェントラー。

「じゃ、またいつか」

「ええ。もう二度と会うことはないわ」

嘘しか言わない彼女の言葉はあっという間に矛盾してしまうが、それでもその嘘から、ろり先輩はまたぼくと会うことになると思っているらしいことがわかり、それもまたちょっと嬉しくはあった。

小さな幸せを集めよう。

「そのときは是非伽島《ときしま》さんも連れてきてね」

「…………」

訳・会長の弟であるあなたがここに来るのは仕方ないにしたって、絶対に伽島さんだけは連れてこないように。

ふや子さんのことは、嫌いというより苦手なだけなのだろうけれど……まあ、それはふや子さんのほうも同じだから、どっちもどっちだな。この場面において、じゃあろり先輩のその言葉に従って明日ふや子さんを連れてこようかなと考えるぼくは、確かに底意地の悪い、嫌いな相手の反応を見て楽しんでいる奴なのかもしれなかった。そんなことで日常が変化するとも思えないし。

ともあれ、相変わらずと言えば相変わらず。

「銀は成らずに好手あり……でしたっけね」

「え？」

「別に何も」


そのままのあなたでいてください、とは気障《きざ》っぽ過ぎるのでさすがに言わず、ぼくは部室棟から離れ、そのままてくてくと歩く。目指すは北校舎三階、病院坂迷路《めいろ》先輩がいるだろう音楽室である。

III

病院坂先輩の噂、もとい伝説については入学当初からいろいろと聞いていた。崖村先輩から話を聞いて驚いたのは、その伝説のほとんどが真実であるということだった。それが本当だとすれば確かに病院坂先輩は一人奇人だった、いや、そんなスケールで語りつくせるものではない。上総園学園最大のタブーと言われているのも頷けた。そして、そうとわかればぼくとしてはアプローチを取らないわけにはいかなかった。それはもう神から課されたぼくの義務のようなものだった。幸い相手は有名人である、いつどこで何をしているかなど、学園内にいる限りはすぐに突き止められる。崖村先輩に聞くまでもない、放課後、病院坂先輩は必ず音楽室にいるのだ。ぼくが初めて病院坂先輩と接触した九月の第二水曜日もそうだったし、今日もまたそうだろう。なんといっても彼女は吹奏楽部員なのだから。

「病院坂先輩、ちーっす！」

イメチェンをはかったわけではないが、気さくな挨拶と共に靴を脱いで、音楽室の扉をくぐるぼく。予想通り、というか予定通り病院坂先輩はそこにいた。病院坂迷路（二年・十三歳）——学ラン姿の少女である。学ラン姿の少女である。学ラン姿の少女である！　なんだかもうそれだけでなんか十分に常軌を逸しているのだが、またその学ランが長ランだというのが驚きだった。崖村先輩の傷だらけの破れまくった学ランと蛮カラ具合はいい勝負だが、着用しているのが女の子というのがこの場合異彩を放っている。もちろん思い切り思い切った校則違反だが、それを表立って注意する教職員はひとりだっていないらしい。要するに誰も病院坂先輩にかかわりたくないのだ。

しかし似合う。学校指定のセーラー服より（たぶん）ずっと似合う。男装の麗人というにはちょっと顔つきが幼いし、体つきが女の子女の子し過ぎているが、そのアンバランスさというか倒錯感が病院坂迷路という個性を演出している。

まあ見るからにこの人は日常じゃないんだよな。噂（伝説）で聞いている限りじゃ、少なくとも服装の件に関してはただのエキセントリックな人間かと思っていたのだけれど、実際に見てみると、見るたびに新鮮な気持ちにさせられる。案外、ぼくもセーラー服を着てみれば、何かが起こったり何かが変わったりする感覚があるのかもしれない。うむ、今度こぐ姉に借りてみよう。お弁当をわざと忘れるとかに比べれば、日常を揺るがすいい手かもしれない。

病院坂先輩はぼくの挨拶に対し、はい串中くん、いつも通り元気がいいですね、私は元気のいい人間が大好きですよというような表情を浮かべてぼくを見た。それで入室許可が出たと判断し、ぼくは後ろ手でドアを閉め、病院坂先輩のほうへと近づいていく。

他の部員の許可を取る必要はない。

他に部員がいないからだ。

病院坂迷路はたったひとりの吹奏楽部員だった。

ＵＦＯ研の主な活動が放課後のお喋りだとすれば、吹奏楽部の主な活動は病院坂先輩がクラッシックのＣＤを聴きながら好きな楽器を好きなように演奏する、である。気ままと言うより気ままままま、と言った感じだ。顧問の先生すら来ないのだからそれもむべなるかなといった感はある。

ただし昔はそうじゃなかった。

というか、二年前まで上総園学園の吹奏楽部といえばちょっとしたもので、うまいこと言わせてもらえるなら、音に聞こえた全国大会常連校だったのである。勉強メインの進学校なので運動部よりも文化部のほうに力が入るのは当然といえば当然だが、中でも吹奏楽部は上総園学園の誇りのひとつだったのだ。

その誇りが二年前、病院坂迷路の入部とともに崩壊した。詳しい経緯は誰も語ることはないが、六月になる頃には病院坂先輩をひとり残し、残りの部員は新入部員のみならず二年・三年部員まで含め、全員退部してしまったのだという。いや、もっと言えばその頃から顧問の先生でさえ放課後の音楽室には近づかなくなってしまったらしい。ちなみに、時を同じくして六月ごろ、病院坂先輩が所属していた一年B組は、病院坂先輩以外全ての生徒が不登校になっていた。

静かなる人払い令。

彼女がそう呼ばれているのは、そんな理由だ。同時に、今の二年生に二年Z組、通称病院坂組という、所属する生徒が彼女一人のクラスが存在するのもそんな理由である。学外に知られたら一大ニュースとなりかねないようなとんでもない事態だったが、学校というのはとにかく閉鎖的な組織なので、今のところそんな事情は漏れていない。学校側としては、さっさとそんな問題児には卒業して欲しいと思っているだろう。高等部に責任を移譲したいと考えているはずだ。

人払い令の伝説は尾ひれ羽ひれがついたものだとぼくは思っていたが、崖村先輩からそれが事実であると聞いたとき、ぼくはいよいよ我慢できなくなったというわけだ。崖村先輩の個人生徒会やろり先輩の嘘つき村の住人も非日常と言えば非日常だったが、しかし病院坂先輩の場合はそれに輪がかかっている。お近づきになりたくなって当然だった。

九月。

病院坂先輩は突然の来訪者であるぼくを、とても迷惑そうに見た。邪魔だから帰ってくださいというような表情でひとり楽器（ホルンだったと思う）を吹き続けていた。それでもぼくが食い下がると、病院坂先輩はどういうつもりなのか知りませんが私には近づかないほうが賢明ですよと言いたげにCD（マーラーの第八番変ホ長調『千人の交響曲』だったと思う）の音量を大きくした。

ぼくはめげなかった。

精神的に被虐趣味なので、拒絶されれば拒絶されるほど燃えるのだ。あるいは萌えるのだった。音楽室の入室許可を出してもらえるまで一週間、ぼくの言うことに耳を傾けてもらえるまで一週間、ぼくの言うことに反応してもらえるまで一週間。九月をまるまる、病院坂先輩とのコミュニケーションに費やした。もちろんそれで終わりということもない、十月を経過して名前でおぼえてもらい、十一月に至り一緒に将棋を指せる仲になるまで、それ相応の苦労はあった。崖村先輩に軽く皮肉を言われたように、最近UFO研のほうに顔を出せなかったのは、二学期になってからぼくは放課後、音楽室に行くことが多かったからである。崖村先輩は病院坂先輩を飛車角と称したが、ぼくが思うに病院坂先輩は意外と歩兵だと思う。堅牢で、堅実で、確実で——そして何より侮れない。桂の高飛び歩の餌食、銀は成らずに好手ありと、格言シリーズでいうなら歩のない将棋は負け将棋である。

本物偽物という話をするならば、そちらは崖村先輩の言う通りに、病院坂先輩は間違いなく本物の部類だった——それがいい本物なのか悪い本物なのかはともかくとして。

まあ、本物にいいも悪いもないか。

ただし、そうは言っても病院坂先輩との関係も、最近はちょっと安定してしまった感があったのだ——一緒に将棋までする仲になってしまっては、それはもう当たり前、当たり前過ぎるという感じである。変な人ではあったが、接していると逆にそれほどエキセントリックというわけではなかったし、このままではせっかくの本物との出会いが平和な日常へと落ち着いてしまう。どんな非日常な状況も慣れてしまえば日常でしかないとはよく言ったものだが、しかし病院坂先輩との関係が日常に落ち着いてしまうというのは、ぼくとしてはできれば避けたいところだった。今日、こぐ姉や崖村先輩に、ぼくらしくもなく本音というか不満というかを漏らしてしまったのは、そういうこともあってだった。

しかしさすがこぐ姉。

本人はそんなことを意識していなかっただろうし、ぼくもまずろり先輩のところに行ってしまったが、しかしここで病院坂先輩に告ってOKでもされれば、それは平和な日常の打破と言っていいのではないだろうか。

立派な非日常である。

「あの、病院坂先輩」

と、切り出そうとしたぼくを、病院坂先輩は楽器で制した。ちなみに今日の楽器はクラリネットだった。CDがかかっていないところを見ると、真面目に練習していたらしい。指導する顧問がいないため、病院坂先輩の楽器は全て独学である。

もしも私に告白しようとしているのでしたら串中くん、残念なことにあなたは失恋を経験することになるだろうからやめておくことをお勧めしますよ。

病院坂先輩はそんな意思を孕んだ目線をぼくに送ってきた。

うわ、機先を制された。

まだ何も言っていないのに、言外に拒絶された。

被虐趣味のぼくは一日に二度、しかも連続で袖にされたというその事実に武者震いを禁じえなかったが、しかし相変わらず病院坂先輩の洞察力は鋭いなあと思うのだった。ぼくが何をしに音楽室に来たのかなんて、お見通しだもんな。

「告ったりしませんよ」

と、ぼくは言葉の上では否定しておく。

どうでしょうね、と言いたげに病院坂先輩は冷笑を浮かべた。

「でもどうしてわかったんですか？」

ぼくの質問に病院坂先輩は、クラリネットを片付けてから（楽器の練習よりもぼくとの会話に集中してくれようという、病院坂先輩のお心遣いの表れである。参考までに言うと病院坂先輩が楽器よりもぼくを優先してくれるようになるまで一ヵ月半かかった）、ぼくを向いた。

平和な日常を嫌う串中くんが私のいる音楽室を頻繁に訪れてくる理由は既に聞きました。となるとそんなあなたが、若干落ち着きつつあるあなたと私との関係を新たな局面に進めたいと考えているだろうことは容易に推測が立ちます。新たな局面、それは普通に考えれば恋愛関係でしょう。私はこんな格好をしていますしあなたは女顔ですけれど、それでも一応は女と男ですからね、それが一番単純でわかりやすいでしょう。確率的にはそれがもっとも高いと思いました。二番目に単純でわかりやすいのは敵対関係ですが、しかしそんな関係になりたいと願われるほどにあなたから嫌われているとも考えられませんし、そこまで私達の関係が追い込まれているとも考えられません。漠然とそんな風に思っていたところに、なにやら決意を秘めた風に串中くんのご登場です。これは念のために、まず最初に一言言っておいたほうがよさそうだと私は思ったわけです——そんな風な表情を、病院坂先輩は作った。

はあ……やっぱこの人には見透かされてるなあ。

男装だったり人払い令だったり、とにかくそういうわかりやすいところに注目はいきがちだが、病院坂先輩の最も際立った特徴は、この洞察力にあるというのが二ヵ月間の付き合いを通しての、ぼくの現時点での結論である。

「参りました」

ぼくはあっさり降参する。

だから、諦めはいいほうなのだ。

「将棋で五連敗するのも無理からぬ感じですね」

せっかく仲良くなれたのです、友達同士でいようじゃありませんか。わかってくれていると思いますが、私はあなたくらいしか友達がいないのですよ。

病院坂先輩はそんな風に目を細め、それから付け加えるように、まあ来年くらいになったらそういうことを考えるのもやぶさかではありませんねとばかりに頬を緩めた。

付け加えた部分は冗談だろう。勝手な考えで、しかも今更は今更だけれど、病院坂先輩はあんまり恋愛色恋と縁がありそうな人には見えないんだよな。病院坂迷路は一人で完璧に完成されているのだ。だからこそ盲点だったのだが、だけど盲点はあくまでも盲点である。

しかし、友達か。

病院坂先輩のほうからそう表現してくれるのだから、やっぱりぼくと病院坂先輩は友達のようだった。ぼくのような人間を友達扱いしてくれるとは、非常にありがたい話である。

「串中くん、それではこれからどうします？　とりあえず将棋でもしますか？」とでも言うように、病院坂先輩は音楽室の隅におかれた、室内の雰囲気とはまるでそぐわない将棋盤を指し示した。病院坂先輩は記憶力もいいのでその気になれば目隠し将棋もできるそうだが、それだとぼく（超初心者）がついていけないので、病院坂先輩がわざわざ家から持ってきてくれたのである。打ち解けてしまえば、後輩思いの優しい先輩なのだ。

しかし、それは今でもわからないんだよな。どうしてこの人が『静かなる人払い令』なのだろう？元吹奏楽部員や一年生の頃の病院坂先輩のクラスメイトの話を聞いてみたいところだけれど……、しかしそっから先は、あまり踏み込まないほうがいい領域という気もするのだ。

「ま、一局お相手願いましょう」

あらら、自信ありげですね、と、そんなことを言いたげに、わざとらしい驚きの表情を作る病院坂先輩。ひょっとしたら将棋入門の本でも読んできたのですか？　とばかりににやにやと笑いながら、将棋盤を取りに行き、そして音楽室のフェルトで舗装された床の上に置いて、椅子に戻らず正座する。ぼくもその正面に正座した。そしてぱちぱちぱちと、駒を並べる。えっと、右側と左側、どっちが飛車でどっちが角だっけな……。ん、この駒は……そうだ。

「そうだ、病院坂先輩、一個訊きたいんですけれど」

なんですか、というように眉を上げる病院坂先輩。

「王将と玉将って、何か違うんですか？」

特に違いはありません。王将を上手《うわて》が使い玉将は下手《したて》が使うというルールがありますけれど、しかし私達のような素人の遊びのレベルにおいては別に気にしなくていいルールでしょうと、病院坂先輩はアイコンタクトでそう説明してくれた。なるほど、それだけの違いか。しかし知ってしまうと守りたくなるのが競技のルールというものだ。ぼくは自分が手にしていた王将を病院坂先輩が既に自陣に並べていた玉将と交換した。病院坂先輩はそんなぼくの様子を微笑《ほほえ》ましいものでも見るようにして、ぼくが駒を並べ終わるのを待っていた。

病院坂先輩が先手。

昨今、将棋と言えばコンピューターのほうが人間よりも強くなってしまったとかなんとかそんなことを言われているが（将棋に限らず、チェスや囲碁でもそうだ）、しかしそれは全く的外れな意見だったのだと、ぼくは病院坂先輩との対戦、これまでの五局を通じて学んでいた。将棋というのはあくまでも対人戦、突き詰めてしまえば人間を相手にするゲームなのだ。人間が人間を相手にする、人と人との遊戯なのである。そう——こぐ姉の言い草ではないが、一緒に将棋を指してくれる人がいないと、成立しない遊びなのだった。相手を揺るがす手、相手を引っ掛ける手、相手を油断させる手、相手を調子づかせる手——そんな策略が、八十一マスの中にひしめいている。将棋とは心理ゲームなんですよと、初めての対局の際、病院坂先輩は表情だけでそう語った。そのときはぴんと来なかったが、すぐにその言葉の意味がのしかかってきた。そうだ、将棋は単純に駒を動かし駒を取るだけのゲームではないのだ。プロの棋士は百手二百手先まで読む、コンピューターは考えうる全ての手を読む——そんなことは表面上の数字でしかない。この局面でこの一手を打つという乾坤一擲《けんこんいってき》こそが将棋の真髄であるのだとぼくはつくづく思い知った。……残念ながら実力のほうがその悟りに追いついていないため、ぼくは病院坂先輩に好きなだけ振り回されて、翻弄されて、可愛がられちゃって可愛がられちゃって、惨敗するのが今日の落ちだったが。

いえいえ惨敗なんてことはありませんよ、まだ六回目の対局だというのに串中くんは随分と実力をつけていますよ、私でも最初の頃はこうは行きませんでしたと言うように、病院坂先輩は賞賛とも慰めともつかない表情を浮かべた。そんな風に昔の自分と比べられてもな……というのが率直な感想だったが、しかしその気遣いは嬉しくなくもない。きっと病院坂先輩にしてみればこれは指導対局のようなものなのだろう。そうとでも思ってないと、暇つぶしにもなるまい。そう思っていると病院坂先輩は、大事なのは負けることに慣れないことですよと言わんばかりに、ちょっと厳しい顔をした。

「慣れる……」

慣れてしまえばどんなことでも平和な日常。負け続けることに慣れてしまえば成長はないと、そういう意味だろうか。

串中くん、あなたはミステリー小説を読みますか？　と、続けて病院坂先輩はぼくに目で訊いてきた。見栄を張るような場面でもなかったので、ぼくは正直に、

「本はあまり読みません」

と答えた。

そうですか。私は結構読むのですけれどね——でも串中くんもそれがどういうタイプの小説なのかは知っているでしょう？　あなたのお姉さん、串中先輩は随分な読書家のようですし、それに一時期、どのメディアにおいてもミステリーというジャンルは爆発的にはやっていましたからね。ともかく、そういう小説を読んでいると名探偵の非人間性というものについてよく考えさせられるのです。名探偵は殺人事件が起きれば推理し、犯人を特定します。それ

がミステリー小説の基本的な筋です。しかしどうでしょうね、人が死んでいるというのに暢気に推理なんかしている場合なのでしょうかね？　人として被害者の死を悼むのがまず先でしょう、人間の死を嘆くのがまず先でしょう、犯人を突き止めることよりもまず全員の安全を確保するべきでしょう。しかし彼ら名探偵は被害者よりも加害者のことを考えます。人間性に欠ける、人として大事なものが欠落しているといえますね。しかし視点を変えてみればどうでしょう？　名探偵にとって人の死や殺人事件は日常なのです。彼らは人死にに慣れ親しんでいるのですよ。だからどんな状況でも平気な顔で推理ができるのです。シリーズものの探偵ならば尚更そうですね。要するに人間とは何にでも慣れられる生き物なのです、負けることにだって、逃げることにだって、慣れられます。ひょっとしたら慣れることにまで慣れてしまうのかもしれませんね——と語るかのように口の端を上げ、病院坂先輩は肩を竦めた。

「慣れることにまで慣れる——ですか」

含蓄《がんちく》のある言葉だ。

串中くん、あなたと私は慣れることを嫌うという意味で同類です、だからこそあなたはこうして私と向かい合っていても平気なのでしょう。それが幸せなことなのかどうかはわかりませんけれどね、と言うような表情を作る病院坂先輩。そして続けて、私に年上の従姉《いとこ》どのがいることにはよく触れていますよねと語るような仕草で目を閉じた。

「従姉……ええ」

それは本当によく触れられる話だ。というか、病院坂先輩が一番よく触れる話だと言っていいだろう。話を受ける限り、その『従姉どの』も病院坂先輩に負けず劣らずの奇人のようなのだが、しかし病院坂先輩は理屈抜きで彼女のことに触れるのが好きなようで、特に脈絡がないときでもよく話題にあげる。

前にも言ったとおり従姉どのは人間恐怖症です。

不特定多数の人間の中に紛れてしまうと人に酔ってしまうのです。つまりそれは人に慣れることができないということですね。想像するだけで大変な日常生活だろうと思います。しかしそんな従姉どのでもそれを日常の生活だと受け入れてしまっているのです――文字通りの日常生活です。私がこの音楽室と二年Z組を受け入れているように、ですね。人は慣れることにまで慣れてしまうのかもしれません――しかしそれと同時に、私も串中くんも私の従姉どのも、慣れないことに慣れることができるのでしょうね、と、病院坂先輩は目線だけでぼくにそう言った。

「非日常にも慣れられるってことですか……結局のところ、どんな非日常でも慣れてしまえばただの日常って奴なんですかね」

勘違いしているようですけれど、日常の対義語は非日常ではありませんよ串中くん、と、そんな言葉を口には出さずにぼくに伝える病院坂先輩。

「そうなんですか？」

ぼくはその言葉に当惑を覚えながら、訊き返す。

「じゃあ、日常の対義語は何なんです？」

異常です。

病院坂先輩は小さな顎を下げて、そう示した。

結局、どれほど異常で異質なものであっても、日常に帰依《きえ》しないものなどないということですよ。あなたと私がたとえ恋人同士になったところで、それが実現した時点でそれはあくまで日常でしかありません――病院坂先輩は唇を閉じることで、そう言うに代えた。

むう。

窘《たしな》められている。

蒸し返されてるし……。

もちろん変化を好むのはいいことですが、しかしほどほどにしておくことです。優しい先輩からの忠告ですよ。自ら好んで変わろうとするのは決して悪いことではありませんが、決していいことばかりでもありません。下手《へた》を打てばそのうち変化することにさえ慣れてしまうでしょうからね、と、無言でありながらそうまとめるかのように病院坂先輩は微笑んだ。学校の、そして人生の後輩の立場として言わせてもらうと、かなり魅力的なスマイルである。

ふむ、しかし前言撤回だ。最近はちょっと安定してしまった感があったなどと、とんでもない思い上がりだった——まだまだこの人は奥が深いようである。窘められるまでもなく、病院坂先輩に告白する必要などなさそうだった。一人奇人、病院坂迷路。非日常ならぬ異常なこの人は、まだまだぼくを楽しませてくれそうである。

しかしそれはともかく……だとすると、変な衝動が体内に残る形になってしまったな。女の子に告白したいというぼくのこの気持ちは、一体どこへ行けばいいのだろう。日常の変化とか打破とかそういうことはもう今日のところはいいけれど、しかしなんだか誰かに告白しないことにはこの気持ちは収まりそうにない。ろり先輩は駄目、病院坂先輩も駄目、こぐ姉と崖村先輩は論外。となると……そうだな、メーテルリンクの童話にもあるように、幸せというのは案外一番近いところにあるものだ。恋と聞き告白と考え、一番最初に思いついた相手であるふや子さんを訪ねるとしよう。そうだ、きっとふや子さんこそぼくの運命の人なのだ。予定調和だけどこの場合は仕方ないや。

どうですか？　串中くん、もう一局。

そう言わんばかりの表情でぼくを誘ってくる病院坂先輩だったが、ぼくは丁重《ていちょう》にその誘いを辞す。本当はもう一局と言わず、二局三局打っていきたかったが、そんなことをしていたらもういい時間だ、ふや子さんが家に帰ってしまうかもしれない。ぼくは正直に理由を告げて、病院坂先輩に謝った。

あなたは私の話を理解できなかったのですかと言いたげに病院坂先輩は呆れ顔だったが、しかしすぐに、まあ好きにしなさい、高い保険に入っているから癌にならないともったいないという思考を私は否定する立場にはありませんというような、意地悪に楽しそうな表情になるのだった。

　同類である。

「じゃ、お邪魔しました」

　ぼくは音楽室を出た。すぐに背後からクラリネットの旋律が聞こえてくる。実のところ、それは多分あんまりうまいとは言えないような音色だったのだけれど、しかしそれがまた病院坂先輩らしいといえば病院坂先輩らしかった。

　しかしそれにしても表情豊かな人だよなあ。

　無口にして雄弁。

　病院坂迷路はそんな感じの二年生だった。

IIII

　ふや子さんこと伽島不夜子《ふやこ》は、ぼくのクラスメイトにして現役生徒会役員である。役職は書記だったかなんだったか。そういうわけで、前生徒会を一人で運営していた崖村先輩と少なからず親交があり、またこぐ姉やろり先輩もふや子さんを知っているというわけだ。ちなみにその人間関係を図解で説明すると『ふや子さん↓（畏敬）↓崖村先輩』『崖村先輩↓（便利）↓ふや子さん』、『ふや子さん↓（苦手）↓こぐ姉』『こぐ姉↓（可愛い）↓ふや子さん』、『ふや子さん↓（ダウト！）↓ろり先輩』『ろり先輩↓（天敵！）↓ふや子さん』。まあおおよそこんな形になる。ふや子さんは強気で勝気な女子なので三年生が相手でも物怖じしない。ゆえにあの奇人三人衆ともそこそこ渡り合えるのだ。渡り合っているというつもりはないけれど、そういう繋がりでぼくもまたふや子さんと親交を持っているというわけだった。もともと同じクラスだったということで仲良くはさせてもらっていたのだけれど、やはりより親密になったと言えるのはふや子さんが生徒会に入った、二学期になってからのことである。先述の通り、二学期になってからはぼくは音楽室に通うことが多かったのだが、それでも同じクラスなのだ、ふや子さんの話を聞くくらいのことはできた。そんなわけで今ではお弁当を半分分けてもらえるくらいの人間関係を構築している。

んー。

しかし人間がそうそう思い通りに動いてくれるわけもないんだよなー。

とか、そんなことを思いながら、ぼくは待ち合わせ場所である教室、すなわちぼく達のクラスである一年A組に向かった。音楽室をあとにして、すぐにふや子さんに携帯電話でメールを打ったのだ。体育祭が近づいてきたので生徒会も忙しいはずだ、たぶん八時くらいまで、最低でも六時くらいまでは残っているだろうと読んだのだが、その読みはばっちり当たった。

『事件発生事件発生。上総園学園一年A組にて立てこもり事件発生。現場付近にいる警察官は現場に向かえ』

というメールに対して、即座に、

『了解。直ちに現場に急行する』

という返事があった。

お馬鹿な人間関係なのである。

しかし呼び出したぼくが言うのもなんだが、まだ学校にいるということはまだ生徒会の仕事が終わっていないということだろうに、ふや子さんもなかなか奔放な生徒会役員である。

教室に到着すると、既にふや子さんがいた。自慢のポニーテールの毛先を枝毛でも探しているかのようにいじりながら、所在なさげに無人の教室で席についている。扉の開く音でぼくに気付いたようで、

「お」と、こちらを振り向いた。

「おっす、串中」

とても気さくな感じの挨拶。もっともこの行動については取り立ててぼくと打ち解けているからというわけではない。ふや子さんは誰に対してもこうなのだ。物怖じしないというか、人見知りしない、他人に対してあんまり壁を作らないキャラなのである。

対して。

「どうもふや子さん。呼び立ててしまったにもかかわらず待たせてしまって申し訳ありません」

同級生の友達にも敬語。

ぼくのキャラだった。

壁を作っているとは言わないが、一定の距離を置いていると思われても仕方がないだろう。

「いーよ、ちょうど仕事も行き詰ってたとこだしさ。ちょっとリフレッシュというかリセットしたかったところなのさ。そういう意味じゃ串中からの誘いは渡りに橋と言った感じだし」

「んー……」

間違ってるけど間違ってないな。

わざとやってるんだろうから、わざわざ訂正するまでもないか。

まして突っ込むほどのことでもない。

そんなことを考えているうちに、「それで何の用なのさ」と、ふや子さんのほうから訊いてきた。

「愛しています。この戦争が終わったら結婚しましょう」

と言おうと思ったが、すんでのところで思いとどまる。落ち着け、浮き足立つな。それではまるで思いつきで行動している奴じゃないか。こういうのはまず雰囲気作りが大事だろう。おお、なんかそれっぽくてうきうきするな。

「別に、用ってほどじゃないんですけれど」

「ダウト」

び、とふや子さんは自分の胸の前で、人差し指でばってんを作る。

「それ、嘘だ」

「……そうでしたね」

　ふや子さんに嘘は通じない。それがふや子さんがろり先輩の天敵である理由だ。ろり先輩が嘘しかつかない嘘つき村の住人であるならば、ふや子さんはほぼ百パーセントの精度で他人のつく嘘を看破できる才能を持っているのだ。病院坂先輩が静かなる人払い令ならば、ふや子さんはさしずめ人間嘘発見器といったところである。ぼくなんかから見ればそれはもうほとんど超能力のような域、特技というよりは才能だけれど、しかしふや子さんに言わせればベテランの警察官あたりは普通に使える、あくまでも人間的な特技であるらしい。一通り説明を聞けばなるほどなあとは思ったものの、しかしベテランの警察官でないと使えないような特技をどうして中学一年生の彼女が使えるのかという点に疑問が残ったが、その解答もすぐに提出された。父親の弟さんがまさにそういう警察官なのだそうである。その人の背中に学んだということだろう。親類に警察官……病院坂先輩がよく読むというミステリー小説では珍重されそうなキャラである。

　例。

「今日はぼくの誕生日です」

「ダウト」

「ぼくの誕生日は六月四日です」

「ダウト」

「この間の国語の試験で満点を取りました」

「ダウト」

「今日はぼくは自分のお弁当を食べました」

「ダウト……嘘しかついてないじゃん」

　あんたは童野先輩か、と突っ込みを受けた。

　ローカルな突っ込みである。

「いやいや……相変わらず便利そうな特技だなって思いまして」

「そうでもないよ。叔父さんあたりならともかく、所詮わたしのスキルじゃこんなの宴会芸レベルだし。嘘は見抜けても本当のことを言ってない場合には対処できないし、それに勘違いにも対応できない。それに本当の嘘つきは自分自身も騙しちゃうからね、その場合も見抜けない……んだってさ。あと、さっきのあんたとか童野先輩みたく嘘しかつかない人にも通用しないね」

「そうなんですか？」

「全部嘘だったら全部ダウトじゃん」

「あ、そっか」

それでは見抜こうが見抜けまいが意味がない。ん……しかしそのロジックでは、童野先輩は少なくとも、自分で自分を騙しているわけじゃないってことだな。虚言癖というわけではなく意図的に嘘をついているということか……ふうん。しかしだとしたら、今更だけどどうしてろり先輩は嘘しかつかないのだろう。どうして嘘しかつかないと決めているのだろう。何かもっともらしい理由があるのだろうか？　幼馴染の崖村先輩なら知っているかもしれないけど、こぐ姉は知っているかな？　いや、こぐ姉はろり先輩のそういう性癖を、そもそも気にしちゃいないか……。

「童野先輩が思ってるほど、わたしはあの人の天敵じゃないのよ。なかなかわかってもらえないみたいだけれど……あ、でも、それ以上に厄介なパターンもあるね」

「はい？」

「喋らない人」

「…………………」

「黙秘権を行使されたらどうしようもないってこと。叔父さんもそう言ってたわ。沈黙は金って奴ね」

なるほど。確かに喋らなければ、嘘もダウトもへったくれもないな。病院坂先輩レベルに無口であれば、ふや子さんのスキルも通用しないということなのだろう。そういえばふや子さんは病院坂先輩のことを噂以上に知っているのかな？　話題にあげたことはないけれど……。

沈黙は金。

もっとも、病院坂先輩は歩兵だけれど。

「ふや子さんは……何でしょうね」

「ん？　何の話？」

「いえ、自分を将棋の駒にたとえたら、何だと思いますか？　ちなみに崖村先輩が金将でろり先輩は銀将、こぐ姉は桂馬です」

「んー、んん……小串さんは桂馬なんだ。いい駒、取るなあ。わたし、桂馬って好きなのに。ふうん……その並びなら、わたしは香車ってとこじゃない？」

「ふむ」

一直線に相手を貫く槍――香車。

確かにふや子さんのイメージではあるな。

しかし、桂馬に金銀、歩兵に香車か……なんとなくノリで言い出したことではあったけれど、結構駒が揃ってきた感がある。この分じゃ、そのうち本物の飛車角といえるような人も見つかるかもしれない。そうなれば人間将棋ができるな。いや、人間将棋をやろうと思えば対戦相手が必要だけれど……しかし飛車角って、どんな人間のことを言うのだろう？　あの崖村先輩でさえも飛車じゃないのだとすれば――

「で、何の用なのよ」

話が戻った。

いや、まだ本題は一行も進んでいない。

「えっと」

雰囲気作り。とりあえず相手を褒めてその気にさせるのかな……自慢のポニーテールでも褒めればいいかな？　髪は女の命というし。いや待てよ、変に容姿を褒めると、外見に惚れたかのような勘違いをされるかもしれない。やはりそこは人として、内面に魅了されたのだと思って欲しいところだ。

「ふや子さんって頭よさそうですよね」

「はあ?」

「ひとりで五円玉の五重の塔とか作ってそうです」

「……それは頭のいい基準なの?」

そんな楽しそうなことはみんなでやろうよ、とふや子さん。

ぼくはたたみ掛ける。

「いやいや、真面目な話、ふや子さんが普段から滲ませている知性には感心させられっぱなしですよ。ふや子さんにはぼく百人分の知性があると思っています」

「それはわたしを褒めているというよりは自分に対するただの悪口だよね……」

「ふや子さんを十としたらぼくの知性は零です」

「零なんだ……」

それじゃあわたしも零じゃない、とふや子さんは呆れた様子だった。あまり心が動かされている様子はない。実際、ふや子さんはぼくよりもずっと成績がいいけれど(でないと生徒会役員になどなれないだろう)、頭のいい人間って頭がいいと褒められてもあんまり喜ばなかったりするものなのかな。

「つーか、ダウト。そんなこと思ってないでしょ」

「むう……」

お世辞(?)が通じないというのは厄介だな。

あ、そうだ。漫画でよく読むあの手で行こう。吊り橋理論だ。吊り橋の上で告白をすれば成功率が上がるという……恐怖心によるどきどきを恋のどきどきと勘違いするというあの理論を、現実に応用してみよう。

「えっとですね、ふや子さん、今日、お弁当を分けてくれたじゃないですか」

「ん? ああ、そうだっけ」

「そのお礼をしようと思いまして」

これは嘘かどうかぎりぎりのラインだったが、ふや子さんは「ダウト」とは言ってこなかった。感謝の気持ちもお礼をしようという気持ちもある以上、嘘とは判断されなかったようだ。極めて際どい、綱渡りのような会話である。

「ふうん。律儀だねえ。いいよ、お礼なら何でももらうよ。何をくれるの？」

即物的な女だ。

どうしてこんな女に告白しなくちゃならないのだろう。

心ない罰ゲームを受けている気分だった。

「いいところに連れて行ってあげます。ついてきてください」

言葉が嘘にならないよう気をつけながら、ぼくはふや子さんを誘導するように教室を出た。ふや子さんは特に疑問を呈するでも行き先を聞いてくるでもなくぼくの後ろをとてとてとついてくる。『とてとてと』などと表現すると誤解を生むかもしれないが、現実問題、ふや子さんのほうがぼくよりも背が高い。ぼくは男子として背が高いほうではないし、ふや子さんはバレーボール部に相当しつこく勧誘された女子なのだ。まあしかし、中学一年生ならそんなものである。成長期はこれからだし、ぼくの背はもっと伸びるはずと希望を抱いている今日この頃だ。

「お弁当は」

「ん？」

「放課後、こぐ姉が届けてくれました」

「……放課後」

「届けてくれたこと自体は嬉しいんですけれどねえ……相変わらずの天然ぶりですよ」

「腐っちゃってない？」

「夏じゃありませんし、大丈夫でしょう」

それに、こちらにはわざと忘れたという負い目もあるし、たとえ少々傷んでいても、食べないわけにはいかない。

「せっかくこぐ姉が届けてくれたんですからね。それに、腐っても鯛といいます」

「腐ったら鯛じゃないよ」

ふや子さんが古人の諺に対し一石を投じた。

ところで、目指す先は時計塔である。分針が停まり、時針だけがむなしく動いているあの時計塔——存在意義を失ったとも言えるあの時計。あそこにふや子さんを連れて行こうという企みを、いや考えをぼくは抱いているのだった。それもただ時計塔に連れて行くだけではない——この上総園学園に通う生徒の中でも、もっと言ってしまえば教職員まで含めた全関係者の中でもごく限られた人間しか知らないあるルートを教えようとしているのだ。

それでときめかない女はいないはず。

きっと。

時計塔は講堂と半ば一体化している。ぼくは外側から時計塔に向かうのではなく、まず講堂に向かい、そのステージ脇の控え室へと入った。講堂は朝礼やら集会やらにしか使われないので、放課後のこの時間は誰もいない。安心して行動に移ることができた。

「何？　こんなところに連れてきて」

さすがに不安になってきたのか、ここでようやくふや子さんはそんな風に訊いてきた。あんまり警戒されても何なので、ぼくは先に答えを教えておくことにした。ふや子さんなら怖気づくということもないだろう。

「時計塔の屋上」

「え？　なに？」

「だから時計塔の屋上です。行ってみたいと思いませんか？　この学園で一番高い場所ですよ」

「……行けるの？」

「実は」

案の定、怖気づくどころかふや子さんはかなり興味をそそられたらしく、露骨に目を輝かせた。きらきらというオノマトペが聞こえてきそうなくらいである。

「へー。知らなかったな」

「でも秘密ですよ。出入り禁止の看板が上がっているわけではありませんが、しかしそれは言うまでもないことだからでしょう。えっと」

講堂の控え室ははっきり言って物置同然の扱いを受けている。邪魔なもの、余ったもの、使わないものを手当たりしだいに放り込んでいるといった有様だ。ネットやらロープやら縄やら、そんなものに足を取られて転んだら大怪我に繋がるかもしれないので、移動には慎重さが必要とされる。ぼくは隅のほうに設置（放置）されていた収納箱を軽く持ち上げて、その裏にセロハンテープで固定されていた鍵を取り外す。なんだか家の玄関の合鍵の隠し場所みたいな感じだが、しかし、隠し場所を変えられていなくてよかった。そうは言っても、ぼくも時計塔に上るのは久しぶりだからな……。

「鍵？」

「鍵。で、そこの扉を開けます」

「んん？　その扉……」

控え室の奥の壁にある鉄扉を示され、首を傾げるふや子さん。

「それ、外に出るための扉じゃないの？」

「反対側の控え室にあるのはそうなんですけれどね……このドアは時計塔の中に繋がっているんです。隠し扉というわけでもないんでしょうけれど……」

むしろ苦肉の策というところだろう。欧州から日本に移築するにあたって、色々と不都合もあっただろうからな。ぼくは鍵でその扉の錠を外し、中に這入る。すぐにふや子さんも中に這入ってきた。そこはもう時計塔の中。空気がヒヤッとしていた。学ランでもちょっと肌寒いくらいだった。ぼくは扉を閉め、内側から鍵をかける。

「……なんで鍵をかけるの？」

「用心のためです。開けっ放しにしておいて、万一誰かにここを発見されたらことですからね。秘密の遊び場なんですよ」

「秘密の遊び場……誰と誰の？」

「UFO研」

「……だよね」

予想がついていたというように、うなだれるふや子さん。

「UFO研に代々伝わってきたシークレットスポットだとか。崖村先輩あたりは常連といっていいでしょうね」

「でも、串中はUFO研じゃないじゃん」

「まあ、そうなのですが……五月ごろでしたっけね、五月病で落ち込んでいたぼくを慰めるために、こぐ姉がこの場所を教えてくれたのですよ。絶対に誰にも言わないという約束で」

「今、わたしに教えてるじゃん」

「ええ。だから秘密にしておいてください」

怒られますから、という。

ふや子さんはやれやれと、肩を落とす。

「現役生徒会役員によく言うもんだわ。あんま小串さんがらみのことに巻き込まないでくれるかな……串中のお姉さんを悪く言うつもりはないけれど、あの人、苦手なんだよ」

「知ってますよ」

「なーんか上品過ぎない？　あの人。その割に崖村先輩とか童野先輩とか、強いところをしっかり押さえてるし。弟としてそこんとこどうなのよ」

「ぼくはシスコンですからねえ」

変な意味でなくな。

押さえられているというのなら、ぼくが一番、こぐ姉には押さえられているのだ。

「でも、ふや子さんだって上品になれる素養はあると思いますよ」

「えー？　そう？」

「手始めに語尾を『ざます』にしてみましょう」

「そういう上品さじゃなく」

「笑い方を『ほほほ』にしてみるとか」

「ん……まあ、それくらいなら」

こほんと、咳払いをしてから。

「HO——HO——HO——！」

「…………」

サンタクロースみたいだった。

なにやらせてんのよ、というふや子さん。

別に振りのつもりはなかったのだが。

「ていうか、別にわたしは小串さんの上品さが羨ましいわけじゃないのよ。なんっかこうさー」

「確かにこぐ姉とふや子さんは合わないでしょうね。素直にそう思いますよ」

「まあ、毒を食らわば皿までか……ところでここ、電気つかないの？」

「スイッチはありますけど、壊れてます」

「ぼろぼろだね、時計塔」

「必要とされていませんからね」

分針の故障を半年も放ったらかしにされているくらいだ。ひょっとしたらそのうち解体されるかもしれないが、しかしその費用のほうがもったいないか……。

「まあ、薄暗いけど見えなくはないからいっか……それで？　その階段を昇ればいいわけ？」

ふや子さんは入り口からほどないところにある螺旋階段を指差す。まあ、その時計塔内部には階段くらいしかないのでそんなことは訊かれるまでもないのだが、しかし主導権を握られてしまっては困る。

ぼくは、

「いいえ違います」

と言った。

「ダウト」

「…………」

「薄暗くっても、顔くらいは見えてるよ」

言って、先々階段を昇っていくふや子さん。まあ見え見えの嘘をついたぼくもぼくだが、しかし今のふや子さんの言葉には、ちょっとした示唆が含まれていたような気もする。顔くらいは見えてるよ。それは裏を返せば、顔が見えなければ相手が言っていることが本当なのか嘘なのか、それはわからないということなのだろう。そっか……そうだよな。でないと、試験の○×問題とかでも全問正解できちゃうはずだものな……むろん、その口調や喋り方からでもある程度は判断できるのだろうけれど、一番重要なのは表情を含めた本人の仕草、本人の振る舞いなのだ。ならば無口な人間同様、無表情な人間にも、ふや子さんのスキルは通用しないのだろうか。じゃあ、電話やメールでの会話だったり、後ろを向いての会話だったりでは、嘘を看破する精度はどうしても落ちるということになる……。

ふうん。意外と制約が多い。となると確かに、本人の言う通りそこまで便利なスキルじゃないのかもしれないいな。

「時計塔の中ってあんま広くないんだね。昔、灯台の中に入ったことがあるけど……なんだか、そんなイメージ」

「外から見るほどじゃないんですよね。煉瓦を何重にも積んでいるみたいでして……機能性よりも堅牢性のほうを重視している感じです。作られた時代のこともあるんでしょうけどね」

「あ。階段終わった」

「そこからは梯子です」

螺旋階段を昇りきると、ちょっとした部屋……とは言えないくらいの、中二階に到着する。ちょうどここが時計の裏側だ。しかしこのエリアに歯車やら何やらの機械類があるというわけではない。そういうあれこれはどうも、時計塔を構成する煉瓦の中に埋め込まれているらしいのだ。ゆえに、もしも停まっている分針を修理しようと思えば、外側から修理しなくてはならないのである。えらい手間だ。学校側が修理に二の足を踏んでいる理由もわかろうというものだ。……いや、そもそも学校側に、この時計塔の内部構造を把握している者がどれくらいいるかという話なのだが。

ふや子さんは煉瓦の壁に埋め込まれるような構造になっている梯子を、薄暗い中ですぐに発見する。

「これを登ればいいの？」

「ええ。登りきれば時計塔の屋上です。出口はマンホールみたいな鉄の扉で蓋がされていますが、それには鍵はかかっていませんから」

「はーい。……先に登っていいの？」

今更の質問である。

しかしぼくはここではにこやかに、

「どうぞどうぞ。レディーファーストです」

と答えた。

「へー。知らなかった。串中って優しいんだね」

「ぼくの半分はバファリンでできています」

「優しさは四分の一なんだ……」

「でも風邪に効くんですよ」

「半分だけね」

この手のボケにいちいちダウトと言ってくるほど、ふや子さんも狭量ではない。まあ先に行っていいと言うのなら行かせてもらうわよ、と、迷いなく梯子を登っていくふや子さん。

くっくっく、引っかかったな！

ガードが甘いぜ！

邪悪な笑みと共に、ぼくはふや子さんに続いて梯子を登る。

「……はっ⁉」

梯子を半分まで登ったところでふや子さんが気付く。しかしもう遅い。ふや子さんはセーラー服のスカートの中身を、惜しげなくぼくに晒してしまっていた。

「ば、ばかっ！　見るなっ！」

しかし隠すことはできない！

怖いもの知らずのふや子さんでも、慣れない梯子を登っている途中で姿勢を大きく崩すことはできないのだ！

カシャ、ジー。

カシャ、ジー。

カシャ、ジー。

「え、この体勢じゃわたし真下が見えないからちょっとわからないんだけど、串中、それ一体何の音⁉」

「携帯電話のカメラのシャッター音ですが、何か」

「あんた友達のパンツを撮影してるの!?」

「ビデオデッキやパソコン、インターネットが普及した理由はエロスとは切り離せません。同様に携帯電話も……」

「携帯電話が普及した理由にエロスは関係ねえーっ！」

ボーイッシュな言葉遣いになっていた。

しかしパンツは女の子である。

「やめろやめろやめろやめろーっ！　女子のスカート付近での携帯電話の使用はご遠慮ください！」

「マナーも一緒に電源を切りました」

「ナイスなキャッチコピーだし！」

馬鹿なことをやっているうちに、梯子を登りきる。屋上に出るための蓋は鉄製で、ちょっとばかし重いけれど、女の子の腕では持ち上げられないというほどではない。ましてそこはふや子さんである。ふや子さんに続いてぼくも外界へ出た。もともと、景色を眺めるための用途で設置されている梯子でもなければそのために整備された屋上でもないのだ、屋上と聞いてイメージするほどに大きなスペースがあるわけではなかった。人間がふたり登ればそれで結構いっぱいいっぱいなところがある。定員はどんなにがんばっても四名だろう。

「どうですいい景色でしょう」

「今撮った写真を消去しなさい」

「えー」

引っ張るのか、その話題。

いやまあ引っ張るだろうけれど。

「今すぐ画像消去しないと絶交だよ！」

「くっ……絶交ですか」

中一っぽいノリだなあ。

人間関係を安く見やがって。

「本気なんだからね！　串中みたいな馬鹿と絶交するには絶好のチャンスなんだから！　あんたと絶交したらわたしなんて絶好調よ！」

言葉遊びの域に達さない駄洒落をいう余裕があるところを見ると、さほど本気とも思えなかった。

しかし怒っているのは本気っぽい。

「顔は写ってないんだからいいじゃないですか！　どうせあんな暗闇で撮った写真なんてロクに写っていませんよ！」

逆ギレごっこ。

日常生活には刺激が必要だった。

「ダウト！　フラッシュ使ったでしょう！」

「くっ……敵に回して初めて分かる、ふや子さんのスキルの恐ろしさ……っ！」

「早く消去しないと串中はエロ大王だって学年中の女子に言い触らすよ！　いや、そんなもんじゃ済まさない、体育祭の開会の言葉であんたの所業をないことないこと発表してやるわ」

「デマしか流さない気ですかっ!?」

上総園学園の中等部の校舎は全部で三つ、北校舎、南校舎、東校舎。この三つの校舎は全て三階建てで、この時計塔はもう一階分くらいの高さがある。つまり地上十メートルくらい？　だろうか。そんな高さで丁々発止と口喧嘩をするのはなかなか度胸が必要だった。それに、これから告白しようという予定（今思い出した）なのだから、早いところ妥協案を出してこの会話を終結させたほうがよさそうだ。

しかしただ画像を消去するというのも曲がないな。

「わかりました……こちらには譲歩の用意があります、ふや子さん」

「譲歩？　聞きましょうか」

「ぼくが撮影した画像は三枚……これが嘘でないことはわかりますね？」

「ふむ」

「ふや子さんが萌え台詞をひとつ言ってくれるのと引き換えに、画像を一枚消去しましょう」

「また頭の悪い取引を……」

ふや子さんはやれやれと頭を抱える。

そして数秒後。

「撮影するならちゃんと言ってくれないと……。可愛いの、穿いておいてあげたのに」

「萌え！」

全消去決定！

ちまちま一枚ずつなんて消してられねえ！

台詞の内容もさることながら普段の強気で勝気なふや子さんとのギャップにやられ、考えるよりも先に身体が動き、データフォルダに入った三枚の画像をまとめて消去するぼくだった。

そんな感じで。

「はい。チェックしてくださいよ」

「ん……」

差し出された携帯電話を、迷うようにしながらも、結局受け取らないふや子さん。

「人の携帯に触るのって、苦手で」

「そうなんですか？」

「プライバシーに踏み込むの、好きじゃないの」

「ふうん……」

真面目だな。

まあいいけど。

信用してくれるってことでもあるだろうし。

「信用も何も」

軽く笑う。

「ここまで含めて、遊びのうちでしょ」

「そりゃそうです」

ぼくも頷く。

まああと一年もすれば、こういうことは遊びに含まれなくなってしまうんだろうけれど、ぼく達はまだ余裕ぶっちぎりで子供だった。

十三歳。

いや、どころかふや子さんは早生まれなので、まだ十二歳なのだった。

伽島不夜子（一年・十二歳）である。

「しかし男子って……本当、馬鹿だよねえ」

「批判は軽んじて受けます」

「甘んじて受けろよ！」

「では折衷案《せっちゅうあん》ということで、ここは辛うじて受けましょう……しかしてふや子さん。先ほどの話の続きでもありませんが、エロスを馬鹿にしたものではありませんよ。ふや子さん、江戸時代のキリスト教弾圧の話は知っていますか？」

「うん。小学校の歴史で習った。宗教弾圧って酷い話だよねえ。でも宗教は戦争の原因にもなりうるから、仕方ないって風潮も当時はあったのかな……」

「と、真面目な、ともすれば暗い雰囲気になりそうなその話ですが、しかしふや子さん、見方を変えるとそんなエピソードも違った側面を見せてくれます。キリスト教弾圧の中の有名な例をあげてもらえますか？」

「そりゃなんといっても踏み絵でしょう」

「そう。しかしその踏み絵なんですが、女性がイエス様の絵を踏むにあたり、着物の裾をまくっておみ足がちらっと見えるというのがなかなかの萌えで、踏み絵の現場は結構な盛況だったという話です」

「嘘つけや！」

ふや子さんは反射的な突っ込みをくれた。

しかしこれ、残念ながら本当である。

嘘を見抜けるふや子さんにはすぐにそれがわかったのだろう、「うっ……」と呻いて、

「男って、本当に馬鹿だ……」

と呟いた。

まあ、その通りだった。

否定する気も起きない。

「というわけで、いい景色でしょう」

「確かに」

学園で一番高い場所。

そして学園は高台の上に建設されているので、ぶっちゃけこの位置は、この町で一番高い位置といっても過言ではない。学園の全てを見下ろし、そして町の全てを見下ろせる。時間も時間で、時計塔の外に出ても、もうあたりはすっかり薄暗い——一番星はもうとっくに現れている。

なかなかいいシチュエーションである。

「ああ、でも立ち上がらないほうがいいですよ」

入ってきた蓋を閉じながら、ぼくはふや子さんにそう注意を促す。

「角度的に、グラウンドからなら見えてしまうかもしれませんから」

「え……パンツが？」

「いえ」

パンツの話はもういい。

「頭が、です。姿勢は低くたもったほうがいいです。見つかったら大変ですからね。大変というか大事《おおごと》というか。たとえば……」

ぼくはふや子さんにわかりやすい例を示すために自ら身体を張ることにして、この狭い屋上の真ん中あたりで立ち上がり、そして思い切り胸を張って両腕を左右に広げ、

「ふはははははは！　この学園はこれより我々が支配した！　愚民どもよ、命が惜しくばひれ伏すがよい！」

と大声を張り上げ、そして速急にしゃがむ。

それから、もっともらしい顔つきでふや子さんに言った。

「こういうことをして見つかると、多分放校処分を食らいます」

「なぜそこまで身体を張る必要が……」

「こんな感じにしゃがんでいれば大丈夫――だそうです。崖村先輩の体格でも大丈夫だそうですから、ぼくらなら余裕でしょう」

「ふむ」

ぼくは言うまでもなく、ふや子さんの身長も、さすがに崖村先輩と較べたら、平均レベルである。

スカートでしゃがむことに多少の抵抗があるようだったが、しかしそこはさすがに女の子、ふや子さんはうまく膝の裏にスカートを畳み込み、体勢を整えた。

「へー。でも、いい場所だね」

周囲をぐるっと見渡して、ふや子さんは言う。

「いーじゃん。わたし目ェいいから、こうやって景

色眺めるの好きなんだ。お弁当のお礼としちゃ、ちょっとおつりをあげたいくらいだよ」

「それはそれは。そう言っていただけると、ぼくも禁を破ってこの場所にご招待した甲斐がありますよ」

……しかし見たところ、ふや子さんには吊り橋理論が通じているようには全く思えないのだが、これはいったいどうしたことだろう。純粋に高い場所といい景色を楽しんでいるだけのようで、まるで怖がっている様子がない。久しぶりに上るぼくは、冷静を装いながらも内心結構びくびくしているというのに……このままではぼくのほうがふや子さんに対して恋に落ちてしまいそうだ。自分が吊り橋理論に嵌ってどうするのだ。

「でも、ちょっと危ないよね」

ぼくの心中を見透かしたかのような台詞に一瞬どきっとしたが、特にそういう意図はなかったようで（嘘は見抜けても心が読めるわけではないのだ）、ふや子さんは続ける。

「普通、柵とか作らない？　これじゃ、ちょっと足を滑らしたら落ちちゃうよ」

「だから、景色を見るために整備された屋上じゃないんですよ。それだったら柵どころか三角屋根でもつけて、もっとお洒落なデザインにするでしょう」

「じゃ、何のため？」

「昔、風見鶏があったんですよ」

ぼくは聞きかじりの話を、そのままふや子さんに教えてあげる。

「そこに棒を差し込めそうな穴があるでしょう？」

ぼくは屋上のちょうど真ん中あたりを指さした。煉瓦と煉瓦の隙間に掘られた、小さな穴である。よく見るとナットのように、内側に螺旋状の彫りが刻まれている。

「そこに風見鶏を差し込んでいたんですって。その風見鶏を管理するために、屋上に出入りできるようにしていたみたいですよ」

「へえー。で、その風見鶏は？」

「日本に移築する際に紛失したとか」

「ふうん」

自分で振っておきながら大して興味もない話題だったようで、ふや子さんは『ふうん』の一言で会話を締めた。

まだ続きがあったんだけどな、この話。

この時計塔が欧州にあった段階では、その風見鶏の支柱である鉄棒にロープをしばりつける形で、屋上から時計塔にぶら下がり、それで時計の針を管理していたらしい……という、続き。つまり風見鶏は風向きを知らせるだけのものではなく、命綱を引っ掛けるフックとしての役割を持っていたらしいのである。

いずれにせよ、風見鶏なき今、管理も整備もされていないだろうこの時計塔なのだが、分針は停まってしまったとはいえ時針がほぼ正確な時間を示し続けているところを見ると、かなり精度のいい時計らしいのは間違いない。


「わたし、時計塔っていうからさ、中身は歯車みたいなのが所狭しとぎゅうぎゅうに詰まってるんだと思ってた」

「ぼくもそう思ってましたけどね。でも、考えてみれば二本の針を動かすだけに、そこまでの機構は必要とされないのでしょう。大きいというだけで、基本的に腕時計と変わらないんですから」

歯車やらは煉瓦の中に埋め込まれているらしいということを教えてあげると、ふや子さんはへえ、とだけ言った。

……だから興味のない話を振るんじゃない。

しかし興味がないのはぼくも同じだった——歴史ある、由緒正しき時計塔の話でも、ぼくにとっては今更だった。

ぼくは告白をするために、この場所にふや子さんを招待したのだから（また忘れていた）。

しかし吊り橋理論が通じないとなると（そういえばふや子さんはジェットコースターやらフリーフ

ォールやらが大好きだと言っていた)、どうすればいいのだろう。というか今更ながら、吊り橋理論がどうたらいう手段は姑息な気もしてきた。

お世辞は通じないし。

なんか格好いいこととか言えばいいのかな。

「ふや子さん……ぼくは夕焼けが好きなんですよ」

西の空に既に沈んでしまった太陽に思いを馳せながら、ぼくはそんなことを言った。

「え？　なんで？　影の足が長く見えるから？」

「ぐっ……！」

この女。

こぐ姉ばりの天然ぶりを見せてくれる。

「この天然はまちが……」

「はまち？」

「ふう……」

そうだな。格好つけていてもしょうがないか。もう小細工は諦めて、素直に、ちゃっちゃと告白して、ちゃっちゃと終わらせようか。

そんなおざなりなことを考えた矢先、

「でも、いいよね」

とふや子さんが言った。

「こういう風に視点を変えることって、必要だよね。やっぱしさ」

「…………」

「生徒会の仕事が行き詰まってるって言ったじゃん。そういう悩みがなくなっていく感じ。学校の中にいるとさ、学校の中のことだけしか見えなくなっちゃうじゃない？　でも世界は学校だけじゃないいんだよね。こうしてみれば——よくわかるわ」

それは——ぼくが図書室でこぐ姉に言ったことと、よく似ていた。そしてそれは意外だった。病院坂先輩ならばまだしも、ふや子さんみたいな人が、ぼくと同じようなことを考えていただなんて。

「特にわたし達の学校って、高い壁で囲われちゃってんじゃん？　余計に外が見えにくいんだよね」

囲われている。

それもぼくが考えていたイメージと重なる。

「けど、こうしてみれば、その壁の向こうにもいっぱい色んなものがあって——学校って世界の狭さを思い知らされるわ。体育祭の準備が行き詰まってるからって、それがなんだってのよ」

HO——HO——HO——と、ふや子さんはサンタクロースのように上品に笑った。

五月、こぐ姉がぼくをここに連れてきてくれたときも、彼女はそういうことをぼくに教えたかったのだろうか——いや、天然のこぐ姉にそこまで考えがあったとは思えない。だいたいこの場所はUFO研にとっては『ジェントラージェントラー』とか言って、おててをつないで宇宙人とコンタクトを取るための場所なのであって、ぼくやふや子さんが抱いているような気持ちは、本来の用途とはまったく違うのだ。

「……学校の外には何もないと思っていた頃がありますよ」

「え？　それが五月頃？」

「いえ、小学生の頃の話ですけれど」

「へえ。あんたどんな小学生だったの」

「いじめられっこでした」

「ダウト」

ずばりいうふや子さん。

「感じの悪い嘘をつくな」

「ええ……いや、でも、クラスで浮いていたのは確かでしたけどね……」

「今と大して変わらないじゃん」

「まあね」

実は一年奇人候補生のひとりに数えられているぼくである。頑張れば、将来的にはこぐ姉や崖村先輩やろり先輩、それに病院坂先輩に並ぶことができるのかもしれない……かなり微妙だけれど。

ちなみにふや子さんは奇人候補生ではない。

普通人なのだ。

しかしその普通人な彼女がぼくと似たようなこと

を口にする——ぼくや、それにＵＦＯ研の先輩がたの悪影響だろうか？

いや、ぼくはそもそも、ふや子さんには素質があると思っているのだけれど。

「学校の外には何もないって、どういう意味よ」

「だから——学校の外に世界はないんじゃないかって。家で過ごしている時間は、全部夢みたいなもので——錯覚みたいなもので、全ては登校したその瞬間に始まり、下校時刻と共に終わってるんじゃないかって」

「わかんなくもないね。そこまで考えるのは極端にしても、わたし達の生活ってどうしても学校を中心学校を中心に回っちゃうもんね——塾に行ってる子でも、それは変わらない。でも、大人になっちゃえばきっと逆のこと言ってるよ。学校に通っていた頃のことは、夢みたいで、錯覚みたいだったって」

「かもしれませんね」

「夢ならせいぜい、楽しまないとさ」

ふと。

視線を下ろしていると、校門から今まさに、学校の外に出て行こうとする生徒の姿が見えた。こんな時間だ、もう校内に残っている生徒はほとんどいない——その生徒も、もう帰ろうとするところだった。その生徒が目についたのは、その学ラン姿に見覚えがあったからだ。ふや子さんも目がいいらしいが、ぼくだって視力は自慢だ。というか、本をあまり読まずゲームをあまりやらずテレビをあまり見なければ、基本的に視力が落ちることはない。

学ラン姿。

しかし男子生徒ではない。

長ランを着た女子生徒——病院坂迷路だった。

一人部活動は終了したらしい。

と、病院坂先輩がこちらを向いた。いや、ぼくを見たわけではないのだろう、時計塔で時間を確認したのだ。さすがにこの距離では相手が病院坂先輩であっても細かな表情までは読めないが、それでも大まかに、そろそろ六時になりますね、みたいな顔つきをしていることくらいはわかる。ただ、こっちから見えるってことはあっちからも見ようと思えば見えるということだからな、気をつけないと……。

うーん。

なんかふや子さんの台詞に気勢を削がれちゃった感もあるし。

潮時かな。

「……ふや子さん。これ、友達の友達から聞いた話なんですけれど」

「はい？」

「ある大学生が、自分の借りているマンションの部屋に彼女を招いたときの話なんですよ。いつもは気さくな彼女が、どうしてかその日は落ち着かない様子です。異性の部屋に来て緊張しているのでしょうか？　ベッドに腰掛けた大学生は首を傾げます。すると突然、彼女はアイスクリームが食べたいと言い出しました。じゃああとでコンビニに買いに行こうと大学生が言うと、どうしても今食べたいんだと、彼女は主張します。その鬼気迫る様相に、大学生はいぶかしみながらも、アイスを買うために部屋から外に出ました。外に出て、マンションから離れた途端、彼女は『今すぐ警察に連絡して！』と大学生に訴えました。どういうことなんだと訊くと、彼女は震えながら答えました。『あなたの座っていたベッドの下に……国書を持った遣隋使がいたのよ！』」

「それは小野妹子《おののいもこ》じゃん！」

前振りが長い上に受けるのも難しく、しかも例の都市伝説を知らなければ通じさえしないボケに突っ込んでくれるふや子さんだった。

貴重な友人である。

ぼくは病院坂先輩の視線を避けるように更に姿勢を低くし、出入り口のほうに移動しながら、

「暗くなってきましたし、危ないからそろそろ戻りましょうか」

と、ふや子さんに言った。

「んー？　んん」

そういうふや子さんは頷きながらもちょっと物足りなそうだった。まだこの景色を楽しんでいたいのだろうか……気持ちはわからなくもないが、確率は低いけれどＵＦＯ研の先輩達と鉢合わせしても面倒だしな。

引き際が肝心である。

「いやいや、わたしもまだ生徒会室に仕事残してきてるから、そろそろ戻らなくちゃはいけないんだけどさ」

彼女は照れくさそうに笑いながら言う。

「何、串中が意味ありげにこんなとこに連れてくるからさ。テンションも何か変だったし、告白でもされるのかと思っちゃってたよ。恥ずかしいなあ」

「…………」

ふや子さんのその言葉に、ぼくは口を閉じ、背を向けて出入り口の蓋を開けながら、何も答えない。嘘を看破できるスキルを所有する彼女に対してはそうするしかないからだ。しかしまあいずれにせよ、こぐ姉のありがたい忠告通りに恋の道に生きるには、ぼくはまだ幼過ぎるのかもしれなかった。

そんなわけで今日（十一月十日）の日記。
・お弁当を忘れた。
・こぐ姉に励まされた。
・ろり先輩に振られた。
・崖村先輩に怒られた。
・病院坂先輩に振られた。
・ふや子さんに告白し損ねた。
この程度では、そうは言ってもまだ日常。

ぼくの世界は相変わらず囲われていた。

V

そして翌日。

ぼくは校門をくぐったところで、ろり先輩の可愛らしい後ろ姿を見つけた。

「ろり先輩――」

ぼくは親しげに彼女の背中に声をかける。まだ一年にも及ばない短い付き合いと言えど、こぐ姉を通じて濃い付き合いをしてきている、きっと声だけでぼくだとわかったのだろう、ろり先輩は振り向きもしない。

むう。

よし、ここは馬鹿な後輩のテンションでいこう。

「ろり先輩おはようございます、ろり先輩今日もいい天気ですね、ろり先輩しかしそろそろ寒くなってきましたよね、ろり先輩そろそろコートが必要な時期でしょうか、ろり先輩ろり先輩のコート姿ってきっと素敵なんでしょうね、ろり先輩〜〜〜〜〜〜〜〜〜〜〜」

最後にこぐ姉の『ライトノベルのような音引き』を採用させてもらったところで、果たしてろり先輩はぐるりと、その動きだけで靴底がアスファルトで磨耗するのではないかという勢いで踵《きびす》を返し、ずかずかとぼくのところにまで来た道を戻ってきてくれた。なんだ、わざわざ来てくれなくても足を止めてさえくれればこっちから行くのに。校門付近だけあって登校してきたばかりの上総園学園生がいっぱいいるにもかかわらず、人目もはばからずに流れに逆行してくるだなんて、さすがぼくの憧れの人、ろり先輩だなあ。

そんな風に感心していると、

「もっとろり先輩って呼びなさい！」

そう怒鳴られた。

馬鹿な後輩と変態な先輩というコンビの誕生だった。

……ていうか。

「あれ……？　ひょっとしてろり先輩、ろり先輩って呼ばれるの嫌なんですか？」

「嫌なわけないじゃない！　むしろ大好きだわ！　既にわたしのネット上におけるハンドルネームは『ろり先輩』よ！」

嫌だったらしい。

そうだったのか。しかしなんて今更なんだ……出会ってから半年ちょっと、ろり先輩の本名を知ってからはずっとそう呼び続けてきたのだが。ひょっとして、それもぼくがろり先輩に嫌われている理由のひとつなのだろうか？　ついに言いたいことが言えた（言えてないけれど）というように、ふぅー、ふぅー、と、肩で息をするろり先輩。いや、こういうのは肩を怒らせるというのだろうか？　昨日の放課後、図書室でこぐ姉の存在がそうであったように、三年奇人三人衆のひとりであるろり先輩の奇行は暗黙の了解であってないものとされ、登校してきた上総園学園生は、校門から校舎への道をど真ん中で塞ぐように足を止めて会話を交わす（なんて牧歌的な雰囲気はないが）ぼくとろり先輩を避けるように、そのまま校舎へと向かう。

……しかし、ある程度は仕方のないことなのかもしれないけれど、奇人扱いもここまで徹底すると、いじめみたいなもんだよな。崖村先輩のケースはまた別件なのだろうけれど、案外、こぐ姉やろり先輩のようなケースが行き着けば、病院坂先輩のような『静かなる人払い令』になってしまうのかもしれない。でも、それでも、ろり先輩の場合はちょっとばかり特殊なんだよなあ。

どう考えても自業自得だもん。

「わかった？　だから弔士くん、これからも私のことはろり先輩と呼び続けなさい。呼ばなかったら許さないんだからね」

「………………」

とは言えここまで到達してしまうと、嘘つき村の住人というよりはただのツンデレになっているような気もする。

「はい、わかりました！　これからも先輩のことはろり先輩と呼び続けます！」

「……あ、ありがとう……嬉しいわ」

引きつった顔で感謝の言葉を言われた。

この流れならこの先輩、いきなり胸を揉んだとしても言葉の上では許してくれ、表面上は感謝さえしてくれそうな気がするが、それはさすがにやり過ぎかな。そんなことをしたら、あとで崖村先輩にどんな仕打ちをされるかわからないし。

「ろり先輩、校舎まで一緒に歩きましょうよ」

「ごめんなさい、これから公園にお花を摘みに行かなくちゃいけなくなったの。友達が交通事故で入院しちゃったから、お見舞いに持っていくためのお花なのよ」

そう言いながら、身体を半回転させて、元のルートへと戻るろり先輩。ぼくは構わず、ろり先輩と歩幅を合わせて（合わせるまでもなくそもそもぼくとろり先輩の歩幅は大して変わらないけれど）、隣に並ぶ。なんとなく架空のカップル気分を味わう、妄想癖のあるぼくだった。三年生と一年生は同じ校舎である。

だけど、昨日もふや子さんと話しているときに思ったことだけれど、ろり先輩って、どういう理由で嘘しかつかないって決めてるんだろうな。

訊いてみるか。

「ろり先輩ってどうして嘘しかつかないんですか？」

「小さい頃悪い魔女に魔法をかけられたのよ。もしもわたしが本当のことを一言でも口にしたら、ねずみに変えられちゃうの」

「はー」

訊くだけ無駄だった。

なんで訊いちゃったんだろう。

ぼくはやれやれと、空を見上げるような動作をした——と。

「あれ……」

合わせていた歩調が、自然と止まった。馬鹿な後輩に対してシカトを決め込んでいた変態な先輩は、ぼくが空を見上げたまま固まってしまったことにも気付かず、そのまますたすたと先へ進んでいく――ぼくはそんなろり先輩のスカートの裾をつまんで、彼女を引き止めた。

「なんでスカートの裾なのよ、普通は上着の裾をつま……ま、ないじゃない、スカートの裾で、あってるわ……」

脊髄反射的に出た感情的な突っ込みでさえ、あくまでも自分のキャラクターに従順な先輩だった。

しかし、自分で振っておいてなんだが、今はそんなろり先輩のリアクションに萌えている場合でもないのだった――少なくともぼくにとっては。

「ろり先輩……時計が動いています」

「……え？」

言われて――ろり先輩は、視線を時計塔へと移す。そこでは、時針だけが動いているはずの上総園学園の中心に立つ時計塔の時計が――分針も共に、動いていたのだった。

気付かない。

誰も気付かない。

半年前に壊れ、それ以降修理もされない時計が動いていたとしても――今更、そんな時計を見上げる生徒はおらず、気付く者もいない。当然といえば当然だ、時間が知りたければ携帯電話の画面を見れば、それで事足りてしまうのだから。

しかし――ぼくや、そしてＵＦＯ研の人間であるろり先輩は、あの時計塔に対して、普通とは違う思い入れを抱いている。

日常を壊す異常を――予感させた。

「……行きましょうか」

「放課後に行くわ。今日、日直なのよ」

ろり先輩のその返答は首肯も同じだった。ぼく達は校舎ではなく講堂のほうへ向かう――二人とも、しかし走り出したりはしなかった。気は急《せ》いていたが、走ってしまえば、それは認めてしまうことになるからだ——今自分達は何かを予感していると。

　いや、ろり先輩がどうなのかはわからない。ろり先輩がどういうつもりで、この状況下において走り出さず、毛嫌いしているはずのぼくと歩調を合わせているのかはわからない。しかし——ぼくの中には確固たるひとつの予感があった。

「……ろり先輩」

「…………」

「ねえ、ろり先輩——」

　ぼくの呼びかけにろり先輩は、もう返事もしない。

　講堂の前には人だかりができていた。ぼくの考えは間違っていて、ずっと停まっていた分針が動いたことに気付いた生徒がこんなにいたのか——と、そんな風に考えられるほど、ぼくはおめでたくはない。ここに集まっている人達だって、時計のことなんて気にしていない。その証拠に誰一人、空を見上げてなどいない——時計塔の時計ではなく、時計塔の足下に視線を送っている。

　何だ。そこに何があるというのだ。

　しかし、結構な人数のその群集に、ぼくの体格で割って入ることは難しかった。駆け寄って、全力でジャンプしてみるが、同じくぼくの身長では人の群れの向こう側を覗き見ることは叶わない。ろり先輩もそれは同じだった。いくら三年奇人三人衆のひとりでも、この状況では如何《いかん》ともしがたいようだ。畜生。ならばそのあたりの人に話を聞くしか——いや、ここを離れて南校舎に入って、二階か三階の廊下の窓から見下ろせば——

　ぽん。

　そんな風に肩に手を置かれた。

　振り向けば、そこにいたのは誰あろう——病院坂迷路先輩だった。おかっぱ長ラン、男装の二年生。そうだ、この人は——この学園において、時計塔で時間を確認する稀有《けう》な人なのだ。昨日の夕方、下校するときもそうしていた。この人は、ぼくと同じで生まれてから十三年間ずっと一緒だったのだ、この距離でも見間違うはずがない。道が通ったその先——時計塔の足下ではぼくの姉、串中小串がミステリー小説みたいな飛び降り死体になっていた。

空を見上げる——

私に任せておきなさい。

そんな言葉を内に含んだ一瞥をぼくに寄越し、病院坂先輩は一歩を踏み出した——途端、集まっていた人の壁、群集が割れる。まるで聖人の一言によって海が割れるみたいに——上総園学園生は左右に分かれ、そこに道ができた。

さすがは一人奇人、静かなる人払い令。

常軌を逸した嫌われっぷりだ。

見れば、ろり先輩でさえ、いつの間にか数メートル離れたところにまで移動している。同じ奇人でも、ろり先輩と病院坂先輩とでは奇人としての格が違うのだ。しかしそんな周囲の反応をまるで気にした様子もなく、病院坂先輩は、ほら、とでも言うように、顎でぼくを促した。しかし、病院坂先輩が文字通り身を投げ出して作ってくれたその道を、ぼくは歩む必要はなかった。

歩むまでもなかったというべきか。

/大もんだい編

I

　こぐ姉の身体がどんな風にひしゃげていてこぐ姉の頭蓋骨がどんな風に砕けていてこぐ姉の眼球がどんな風に飛び出ていてこぐ姉の首がどんな角度に折れ曲がっていてこぐ姉の骨があちこちどんな風に皮膚を突き破っていてこぐ姉の血液がどんな風に流れ出ていてこぐ姉の全身がどんな風に見る影もなくなっていたかというようなことを、ぼくは描写したくない。

　いや、もうぼくはそんなことを憶えていないとさえ言える。こぐ姉の身体がどんな風にひしゃげていてこぐ姉の頭蓋骨がどんな風に砕けていてこぐ姉の眼球がどんな風に飛び出ていてこぐ姉の首がどんな角度に折れ曲がっていてこぐ姉の骨があちこちどんな風に皮膚を突き破っていてこぐ姉の血液がどんな風に流れ出ていてこぐ姉の全身がどんな風に見る影もなくなっていたかというようなことを、ぼくは知らない。

　知らないのだ。

　ぼくの記憶は飛んでいる。

　十一月十一日、あの日、講堂付近、時計塔の根元で見世物のようになっていたこぐ姉の飛び降り死体を見て——そこからぼくの記憶が飛んでいる。確か、病院坂先輩がぼくに何かを言ったような気がするが、……それはたぶん気のせいだ。しかし何かをしてもらったような気はする。前後の辻褄を合わせるように考えると、ぼくは担任の先生によってすぐに家に強制送還されたように思う。ろり先輩はどうしていたのだろう？　こぐ姉のことを（ひょっとすると実の弟のぼくよりも）実の姉のように慕っていた彼女もまた、こぐ姉の飛び降り死体を見たはずだ。彼女はそこでも、嘘つき村の住人でい続けられただろうか？　それともそれどころではなかっただろうか？　わからない。憶えていない。——知らない。

　そんなぼくの記憶が繋がるのは十一月十八日——こぐ姉の飛び降り死体を見た瞬間から、ちょうど一週間後の放課後のことだった。その間の一週間はほとんどノイズのような一週間だったと言っていい。こぐ姉の通夜や葬儀が執り行われたはずだが、ぼくはそれに参加しなかった——できなかった。一週間、ぼくはずっと寝込んでいたのだ。白状すれば、記憶が繋がった十一月十八日にしたって、先ほど放課後と言ったが、その日ぼくは授業に参加していたわけではない。その日もぼくは一日寝て過ごすつもりだった——のだと思う。

　ただ、そんなぼくの下に一通のメールが届いたのである。メール自体はふや子さんを始めとするクラスメイトやらこぐ姉の友人やらから、少なからず一週間、来ていたが（メールはおざなりに、機械的に返信していた。着信に関しては留守電サービスに任せた）、十一月十八日の、学校でいえば昼休みの時間に届いたメールは、初めての相手からのものだった。

　それはこんなメールだった。

『(－－;)(^^)v(>_<)(T_T)(>_<)Σ(゜□゜)(#^.^#)(゜□゜)(ToT)(ToT)(^□^)(>_<)(-_-;)(^_^;)(*^_^*)(*_*)(>_<)(^O^)b(-_-;)(－－;)(-_-;)』

　あるいはぼくは、そのメールをずっと待っていたのかもしれなかった。そうだ、何かが終わったわけではないのだ。まだ続いている。盤面はまだ終わっていない——何を寝こけていたのだろう。寝たいのならば全てが終わってから存分に寝ればいい。ぼくはすぐにメールを返信し、パジャマから制服に着替え、近所の目を気にしつつ、こっそりと家を抜け出した。

　そして上総園学園の校門のアーチをくぐったのだった——しかし一週間ぶりに来た学校だというのに、何かが変わったという雰囲気はない。変わっていないというか――どうだろう、動いていないような気さえした。そう、掛け値なく、比喩表現では決してなく、一週間前のあのときから時系列が直結しているかのような――本当にあれは一週間前のことなのだろうか？　一瞬前のことではなく？　小学生の頃に考えていた妄想が、にわかに胸の内に蘇る――世界とは壁に囲われた学校の中だけであり、その外でのことは夢や錯覚みたいなもので――全てはこの空間の中で完結しているのだと。いかにも世間の狭い小学生が抱きそうなばかばかしい妄想だが、しかし今この瞬間だけで言うなら、その妄想は現実味を帯びていた。

ぼくは一週間前そうしたように空を見上げ、時計塔を確認する。時計塔の時計は、時針、分針ともに動いていた。

指している時刻は――およそ八時半。

ちなみに現在時刻は、午後四時ちょうどだった。

「…………………」

ぼくは肩をすくめ、それから北校舎三階の音楽室へと向かう。なるべくなら人目につきたくない。特に教職員に見つかったら何を言われるかわからない。どんな言葉を誰から投げかけられるのも、今は御免だった。

こぐ姉は――そう、桂馬だったか。

戦局の要というべき桂馬を失った盤面――確かに考えてみれば、ここからどう動くかが肝要だった。しかし、こぐ姉はとうとう、成桂になることも大人になることもなく、この世を去ってしまったのか……十五歳。それが死ぬのに若過ぎるのか早過ぎるのか、ぼくにはよくわからなかった。

音楽室からはどんな音も漏れていなかった。CDの音も、演奏される楽器の音も。しかしそれでも彼女がいないということはないだろう。

「病院坂先輩。ぼくです」

言って、ぼくは返事を待たずに扉を開け、音楽室の中に入った。病院坂先輩は、やはりいつものように楽器を持ってはいなかったが——しかし椅子に座って、ぼくのことをそこで待っていた。

「一週間、よく眠れましたか？」

病院坂先輩がいきなりそんな表情をしてくるので、ぼくは胸を締め付けられる思いがする——見透かされたような気分になる。確かにぼくはこの一週間、ただただ惰眠をむさぼっていただけだった——他に何をしようともしなかった。それを病院坂先輩は知っているのだろうか？

いや、知っているはずもない。

これは彼女らしい韜晦《とうかい》だろう。

「……ぼくはですね、病院坂先輩」

入室許可を待ついつもの儀式をすっ飛ばして、ぼくはドアを閉めてから病院坂先輩の下に近づき、勝手に椅子を用意して、病院坂先輩と向かい合うように座る。

「小さな頃からずっとこぐ姉と、姉弟同室で過ごしてきたんですよね——まあ部屋の数から考えると一人部屋なんて望むべくもなくって……だからこぐ姉が家を出るまでずっとそうなんだと思ってましたよ。けど、こぐ姉がいなくなっちゃって——」

ぼくの言葉を病院坂先輩は無言で聞く。

いや、病院坂先輩はいつも無言か。

「部屋にあるのは二段ベッドでしてね、ぼくは上の段で寝たかったんですけれど、こぐ姉は上の段を一向に譲ってくれなくて——あの人、天然でわがままでしたから」

これからこぐ姉のことを語るときは、いつでもこんな風に過去形になってしまうのだろうか。これから——一生、残りの人生ずっと。

「だから初めてでしたよ。この一週間、ずっとベッドの上の段で寝ていました——こぐ姉が寝ていた場所で寝ていました」

ぼくは力なく笑った。

「——とてもよく、眠れましたよ」

それは重畳《ちょうじょう》——と言うように、病院坂先輩は頷いた。それから、そして串中くん、その格好は何らかの決意表明と見ていいのですか？　と、目線でぼくに質問してくる。触れられたら触れられたで気恥ずかしいが触れられなかったら触れられなかったでそれも気恥ずかしいことだったので、一足遅れとは言え、病院坂先輩がぼくの服装について触れてきてくれたことについて、ぼくは胸を撫で下ろす思いだった。

そう。

ぼくは今学ランではなく女子の制服、すなわちセーラー服を着用しているのだった。姉弟同室だったがゆえに容易に入手できた、こぐ姉の遺品だった。こぐ姉は制服姿の死体として発見された。ゆえに、当然その制服は血まみれで使い物にならない。遺品にさえならず、しかるべき手段にのっとって処分されたはずだ。だから当然、ぼくが今着ている制服はこぐ姉の予備の制服だった。こぐ姉とぼくは、身体のサイズはほとんど同じだった。強いて言うならこぐ姉のほうがちょっと大きいくらいか。制服が交換できないというほどでもない。

「決意表明というわけではありませんよ。ただまあ、気合が入るかなって思って。病院坂先輩のパクリです」

私も別に気合を入れるためにこんな格好をしているわけではないのですが、とでも言うように、にんまりと笑う病院坂先輩。そしてその笑みのまま、ここまでの道中、誰かに何かうるさいことを言われなかったかどうかを、無言のうちに訊いてくる。それもまた、先輩としての心配なのだろうか。

「一応、人に見つからないよう気をつけましたからね。学校の外じゃ、何人かに奇異の視線を向けられましたけど、それくらいで」

そうですか。まあそんなものでしょうね。さすが串中くんと言いますか、特に違和感なく着こなしているようですし——と言わんばかりに、ぼくのつま先から顔までを流し目でじっくりと、査定するように見る病院坂先輩だった。

よく似合っていますよ。それにやはり姉弟ですね、そうしていると串中先輩にそっくりですよ。そんな風に、病院坂先輩は表情で語ってくれた。

「そうですか？」

そうですよ。なんなら——あなたが望むなら、串中くん、もうちょっとお姉さんに似せてあげましょうか？　そう言うような悪戯っぽい笑みを浮かべ、病院坂先輩は立ち上がり、ぼくの座っている椅子の背後に回りこんだ。拒否する暇も拒絶する暇もなく、病院坂先輩はぼくの髪の毛をいじりはじめる。

うわー。他人（しかも男装しているとはいえ女子）に髪の毛触られるのって、すごく緊張する……。ぼくがそんな馬鹿なことを考えているのを知って知らない振りをしているのか、病院坂先輩は手櫛でぼくの髪を整えていく。慣れた手つきだった。

はいできあがり、と言うように髪から外した手でぼくの肩を叩き、病院坂先輩は椅子に戻った。自分では確認できないけれど、こぐ姉っぽい髪型にされてしまったのだろうか。それはなんだか照れくさいな……。別にそこまで突き詰めるつもりはなかったのだけれど。

まあいいや。

とりあえずお礼を言っておこう。

「ありがとうございます、病院坂先輩」

いえいえお役に立てて何よりですよ、とばかりに微笑む病院坂先輩。他意のない、屈託のない笑顔だった。

「この姿だったら、ひょっとしたらろり先輩も口説けるかもしれませんね」

童野先輩？　と訊き返すように首を傾げる病院坂先輩。

「ええ、ほら、ろり先輩はこぐ姉に憧れてましたから。いや別にそういう下心があるわけではなく……まあ、そう単純にはいかないでしょうけれど」

ろり先輩——それに崖村先輩はどうしているのだ

ろう。ふや子さんのことも気になると言えば気になる——こぐ姉のことは苦手にしていたみたいだが、知らない仲ではなかったのだし——それに……。

　それに。

　この一週間色々あったのですよ。病院坂先輩はそう言いたげにため息をついた。あなたが惰眠をむさぼっている間に——そんな感じの表情を、そこに繋げる。

　耳が痛い——否、目が痛いな。

　警察やマスコミはさすがにもう来なくなりましたが——生徒の間に広がった動揺はまだ収まっていませんよ。一般生徒でもそうなのですから、崖村先輩や童野先輩の精神状態は推し量れたものではありませんね。

　病院坂先輩はそう語るかのような顔つきになる。

　まあ言われるまでもなく（実際言われていないが）その通りだ。ぼくにとっては記憶の飛んだ、実在したかどうかもわからない一週間だが、その一週間にだって世界と世間は動いている。部外者の侵入を嫌う学校側も、さすがに警察の立ち入りを禁じるわけにはいかなかったろう。

　ふや子さんはまだしも、崖村先輩と童野先輩は……荒れただろうな。

　学校に来ているかどうかも怪しい。

ただし。病院坂先輩は表情でそう区切る。それはあの二人が串中先輩を殺した犯人ではないという前提においての話ですけれどね——そして続けて目の動きで、ずばりそう切り込んできた。

「…………」

　当初、こぐ姉の死は自殺だと思われた。何らかの手段で時計塔の屋上へとのぼり、そこから飛び降りたのだと——しかしそうではなかった。こぐ姉の首に、ロープらしきもので強く絞められた痕跡があったのだ。

　首を絞め。

　そして塔の上から——突き落とされたのだった。

つまりこれは、学園を舞台にした殺人事件だったのである——まさしくミステリー小説みたいな話だった。

「しかしまあ、学園が舞台じゃ、ミステリーって言ってもジンバブエっぽいですけれどね」

それを言うならジュヴナイルですと、病院坂先輩は冷ややかな表情を作ることで突っ込みに代える。自分で言っておいてなんだけれど、今のよくわかったな……。

ちなみにこぐ姉はその昔、ジンジャエールと言おうとしてジンバブエと言ったことがある。

『ジュース買ってきますよ。何がいいですか？』

『ジンバブエ！』

今思い出してもシュールな会話だった。

「………ん？」

そんな風にこぐ姉との思い出にふけっていたぼくを、病院坂先輩は続けて冷めた目で見ていた。その目は明らかにぼくに対してこう言っていた——苦虫を嚙み潰したような顔とはよく聞く比喩ですけれどあなたの場合は串中くん、さしずめ苦虫を飼い慣らしたような顔という感じですね。人が何にでも慣れられる生き物だということは知っていましたが、しかしあなたはどうやら慣らすほうも得意みたいじゃありませんか。

皮肉を孕んだそんな視線に、ぼくは少なからず傷つく。

感受性豊かな中学一年生なのである。

病院坂先輩は、しかし凹んだぼくを慰めるでもなく、それでは本題です、とでも言うように、軽くウインクしてきた。病院坂先輩はウインクの似合う日本人だった。慰められるまでもなく、そのウインクによって凹んだ傷もあっさり回復する。ぼくは中学一年生にしては感受性が豊か過ぎるとも言えた。

「本題ですか」

はい。とは言え私の言いたいことはメールで送った通りなのですが、しかしなにぶん私はメールというのが不得手でしてね、真意が伝わっているかどうか不安なのです、と、そう言う意味を込めているのだろう、病院坂先輩はもう一度ぼくに向けてウインクをしたのだった。

病院坂先輩のメール。

『(－－;)(^^)v(>_<)(T_T)(>_<)Σ(￣□￣)(#^.^#)(￣□￣)(ToT)(ToT)(^□^)(>_<)(-_-;)(^_^;)(*^_^*)(*_*)(>_<)(^O^)b(-_-;)(－－;)(-_-;)』

である。

果たしてその真意は——

「一応、ちゃんと理解しているつもりですけれどね」

だから来たのだ。

こぐ姉の制服を着て、一週間ぶりの学校へ。

しかし病院坂先輩はそれでも本当に不安だったのだろう、メールの文面を、今度は目配せによってぼくに示した。

すなわち。

串中小串先輩——つまりあなたのお姉さんが殺された事件について、犯人探しの探偵ごっこをして遊びたいのですが、事件の関係者としてちょっと協力してもらえませんか。

——である。

「…………」

自分を飾らない先輩だった。

まったく。

「病院坂先輩……普通はこういうときはですね、もうちょっとヒューマニズムとか、あるいは哲学にも似た高尚な思想を匂わせるもんですよ。それとか、可愛い後輩のぼくの意を汲んで、とか、ぼくのために、とかね。それじゃあかんかんっぺき、好奇心の興味本位じゃないですか」

まるでゲームだ。

ぼくは苦笑しながら言った。

病院坂先輩は悪びれもしない。

お悔やみの言葉を述べるような唇は残念ながら持ち合わせがないものでしてね、とばかりに病院坂先輩はひと指し指で自分の唇をなぞった。

　まあいいさ。

　話が早くて助かる。

　こちらとしても『名探偵のレゾンデートル』的な、変てこりんな理屈を述べられるのはごめんだった。そんなものに付き合わなくちゃいけないと思うとうんざりする——ゲーム気取りならゲーム気取りで一向に構わない。しかし同時に、ぼくは今日ここで初めて、ようやくのこと、病院坂迷路の『静かなる人払い令』としての一面を見たような気がした。

　いや、一面ではなく——まだ一端程度だろう。

　それでも確実なことがあった。

　この先輩は——やはり日常外だ。

　非日常なのか異常なのかはともかくとして——

　そしてそのことがあますことなく伝わってくる。

　……不登校にもなろうと言うものだ。

　呼び出しに応じてくれたということは協力してくれるという意思表示と見ていいのでしょうか？　病院坂先輩はそう訊きたげに、白い歯をぼくに見せてきた。急かすわけではないのですが時間がありません。あなたに断られたら他の協力者を探さなくてはいけないのです——彼女の表情は、まるでそう語っているかのようだった。

「時間がない？　どういうことですか？」

　タイムリミットがあるということですよ、と言うように病院坂先輩は舌を出す。

「タイムリミット？」

　ぼやぼやしていたら警察が犯人を突き止めてしまうでしょうからね、と言うように病院坂先輩は笑った。

　ああ、そういう意味か、とぼくは理解する。

　病院坂先輩にとってこれは制限時間つきのゲームなのだ——クイズと言ってもいいのかもしれないが、性格的にはやはりゲームだろう——警察の捜査班よりも先に犯人を突き止めることができれば病院坂先輩の勝ち、できなければゲームオーバー。そういうゲーム。

初期条件がまったく違うのだから勤勉なる警察官の皆さんと競争するつもりはありませんよ——彼らはあくまでも時計です。タイムアップまでに事件を解決することができるのかどうか——私が私を試す私のためのゲームです。病院坂先輩の意味深な表情は、まるでそう主張しているかのようだった。

初期条件——それは確かに違うだろう。まず人数が違うし、集まる情報も桁違いだ。一人奇人、道を歩けば皆が避けるような病院坂先輩は、本当に掛け値なくひとりで事件に挑まねばならないことになる——実際、この一週間、病院坂先輩はそうしていたのだろう。テレビや新聞で集まる情報、学校内で流れる噂——そんな頼りない手がかりだけで、一週間、ゲームを楽しんでいたのだろう。

が、さすがに限界が来た。

そこで事件の関係者であるぼくからヒントをもらおうというわけだ。

警察が世間に公表していない情報でも——被害者の身内であるぼくならば、少なからず知っているはずだから。

もちろんぼくは犯人など知らない。

誰がこぐ姉を殺したのか——わからない。

けれどその手がかりならば——ひょっとしたら知っているかもしれない。

それがぼくの立場だった。

「しかし病院坂先輩——その前提だと、こぐ姉を殺した犯人は遠からず当局によって逮捕されるわけですよね」

でしょうね。この事件は恐らくとても簡単な事件です。幼稚で稚拙で——とても子供っぽい。大の大人、しかもプロが一ヵ月も二ヵ月もかけて捜査するようなたぐいの事件ではありません——案外、今頃は証拠固めの最中かもしれませんね。

病院坂先輩はそんな風な表情でぼくの疑問に応じる。

しかし、中学生レベルの私達には至極相応《しごくふさわ》しい問題でしょう——と。

「……そこまで思うからには、病院坂先輩はこの事件について、だいたいのあたりがついているみたいですね」

予測ならば——しかし確証は持てていません。串中くんの話が聞ければきっと殺害方法については確信が持てるでしょう——しかしそれでも犯人を特定できるかどうかは微妙なところです。

ここで病院坂先輩は、らしくもなくそんな自信なさげな顔を見せた。

なんだ、弱気だな——それはそれで困るのだが。

しかも、病院坂先輩は気になることを示唆した。

「殺害方法って……首を絞めて、時計塔から突き落としたんじゃないんですか？」

それにさえ確信が持てていないと？

それじゃあまるで何もわかっていないようなものじゃありませんか——と言いかけたぼくを、あくまで確信が持てないと前置きをした上でですけれど、そうではないと思いますよ串中くん、みたいな面持ちでぼくを制した。

どうして時計塔の時計が動き出したのか——あなたも気になっているでしょう？

そう言わんばかりに。

「…………………」

まあそれを証明するためにも串中くんには協力を仰ぎたいと思っているのですよ——病院坂先輩のまなざしは、そんなまなざしだった。

そのまなざしは同時にこう言っていた。

さあ、どうします？

「…………………」

正直、この展開は本当に望むところなんだよな——もともと探偵役は病院坂先輩か崖村先輩だと思っていたが、どちらかと言えば病院坂先輩に頼りたかった。病院坂先輩の類《たぐい》まれなる洞察力を差し引いて考えても、たぶん崖村先輩はこぐ姉なき今、ぼくに対しては非協力的だろう。彼にとってぼくはあくまで『会長の弟』であり、またそうでしかなく、今となってはぼくは崖村先輩から見れば『いかれた偽物』以外の要素を持っていない。

こぐ姉の仇をとるためと煽ったところで、乗ってくれるとは思えない——やるならば彼はひとりでやるだろう。

それに、病院坂先輩の言った通りだ。

崖村先輩には犯人かもしれない可能性がある。

彼には——動機があるのだから。

対して病院坂先輩には動機がない——そもそもこぐ姉との面識自体がないはずである。同じ言い方をするなら、病院坂先輩にとってこぐ姉は『ぼくの姉』であり、またそうでしかなかったはずなのだ。

だから——やっぱりぼくは、病院坂先輩からのメールを待っていたのだろう。

天邪鬼《あまのじゃく》な病院坂先輩にはこちらからアプローチするよりはそちらのほうがよかったはずだ。まあ、病院坂先輩がここまでの興味を持って動いていたとは予想外だったけれど……。

せいぜい興味半分くらいで、まさか興味本位だとは思わなかった。

それもまた、望むところではあるのだけれど——なんだかなあ。

話が早いのはいいが、性急なのはちょっとまずい。

という、気がする。

姉を殺されているぼくだからこそ心に刻んでおかなければならないことだと思うが、この手のこと——病院坂先輩にとってはゲーム——には、のんびり構えてあたるくらいでちょうどいい。

それに、病院坂先輩のほうがぼくを必要としているというこの状況を、ちょっと楽しみたいという悪戯心もぼくの胸の内に芽生えつつあった。こぐ姉が死んでまだ一週間だというのにいささか不謹慎かもしれなかったが、基本的にぼくは馬鹿な人間なのである。

「病院坂先輩……病院坂先輩の探偵ごっこに付き合って、ぼくに何か得があるんですか？　確かにこぐ姉を殺した犯人が誰なのか、遺族としてぼくは知りたいとは思いますが、しかしいずれ警察が解決してくれるならそれでいいと思いますよ。日本は法治国家ですからね。何も病院坂先輩のゲームに付き合う必要はありません。ここに来たのは病院坂先輩に協力するためではなく病院坂先輩の不遜な態度を叱り付けるためなのかもしれませんよ？　病院坂先輩も人にお願いをするときにはもっと誠意をもった態度で……」

もっともらしい口調で知った風なことを言いかけていると、病院坂先輩は椅子から降りて音楽室の床に正座をし、両手を床に突こうとしていた。

上総園学園二年Z組出席番号一番、病院坂迷路先輩は後輩のぼくに対してとてもわかりやすい土下座をするつもりだった。

「いやいやいやいやいや！　冗談です冗談です冗談です！　ぼくも最初から探偵役は病院坂先輩しかいないと思っていました！　頼りまくるつもりでした！是非ともぼくに協力させてください！」

駆け寄って無理矢理彼女の顔を起こすと病院坂先輩は特にどうということもない表情をしていた——病院坂先輩には珍しい無表情だ。

からかわれたのかな？

わからない人だ。

どこまで本気なのだろう。

まあ、どこまで本気なのでもいい——本物であってくれるのならば、それでいい。

「しかし病院坂先輩、協力するにあたって、最低限守って欲しい条件があります」

なんですか？　と、病院坂先輩はそのつぶらな瞳だけで、ぼくに短く訊いてきた。

ぼくは答える。

「絶対に警察よりも早く——犯人を突き止めてください。病院坂先輩がゲームのつもりでもクイズのつもりでも何でも、ぼくは一向に構いません……しかし手を抜かず、全力で遊んでください」

　いずれにせよ対局は開始された。

　いや、対局自体はとっくに始まっていて——桂馬は落ち、飛車も角もなしで勝負を続けることを、今ぼくが決意したというだけなのだろうけれど。

II

　どんな異常な状況であれ慣れればそれは日常になってしまう——というのは一週間前に病院坂先輩に示されたことだが、しかし今ほどその言葉を実感できたときはない。

　こぐ姉の死体を見たときには、ぼくは片翼をもがれたような気持ちになったが——一週間が過ぎた今、その気持ちもかなり落ち着いている。落ち着かせようと努力した結果でもあるのだろうけれど。

　日常から異常へ——そしてまた日常へ。

　とはいえ完全に回帰したというわけでもないだろう——ぼくがこぐ姉の制服を着て、長ランを着た病院坂先輩の後ろにつき、放課後の校内を歩いていると言う図を日常というのは少し、いや、かなり無理がある。けれど病院坂先輩の男装姿が上総園学園にとってはある種の日常になっているのと同様、この図さえも、いずれは日常になってしまうのかもしれないが——

……まあ、別にぼくはずっとこの格好をしているつもりはない。

それこそ日常に帰るまでのことである。

帰る場所があるのはいいことだ。

しかし、そこまで考えたところでわずかに疑問が生じる——それもまた一週間前に病院坂先輩に教えてもらったことだったが、ミステリー小説に出てくる名探偵が人の死に慣れているという話のことである。まあ、フィクションの世界の話とは言え、それはひとつの見解なのだと思う。

しかしどうだろう。

病院坂先輩はどうして、最初のひとりから——こうも人の死に際して、慣れた振る舞いを見せているのだろう?

どんな奇矯に見え、そしてどんな本物であったとしても、病院坂先輩の人生経験は十四年に満たない。まだ今年の分の誕生日を迎えていないのだから、数字の上ではぼくと同い年である。

うーむ。

全然喋ってくれない人だから、後ろ姿だけ見ていると何も伝わってこないな……。

病院坂先輩の『犯人探しの探偵ごっこ』、それに際するメールの文面は真っ当な考え方をして読めばやはり不謹慎極まりないものなのだろう。しかしそれでも、一週間——事件が起きてから一週間経ってからぼくにヒントを求めたというところに、後輩の心理に対する(やや的外れな)気遣いがあったと読むのは自意識過剰のうがち過ぎだろうか?

静かなる人払い令の一端を見、それには確かに驚かされ——少しばかり脅《おびや》かされたけれど。

それでも悪い人とは思えないんだよな。

悪いと言うなら崖村先輩のほうがよっぽど悪者役が似合う。

「その昔ですね——」

病院坂先輩の心理を探るためでもないが、ぼくは雑談を振ってみた。

「ぼく、修行していたことがあるんですよ」

その言葉に病院坂先輩は、一瞬、振り向いた。歩みは止めない。

しかも、病院坂先輩は人目を気にする人ではないが、初めての女装（？）に身を包んでいるぼくが衆目を集めることを避けようとしてくれているのか、何気に早足である。

振り向いたときの彼女の表情は、何の話ですか？と、ぼくに問いかけていた。

ぼくは「昔の話ですよ」と言ってから、続けた。

「小学生の頃でしたね。ヒーローに憧れていたって言うんでしょうか……」

当時の心境をぼくは思い出す。

何もできないくせに全能感にあふれ。

ひたすら何かを——待っていたあの頃。

「地球とか、救わなきゃいけない気がして」

ぼくは言う。

「ずっと待っていました——宇宙から使者がやってくるのを、異次元から救いを求める声が聞こえてくるのを、過去の時代から呪文の詠唱によって召喚されるのを、空から女の子が降ってくるのを」

病院坂先輩はわざわざ足を止めて、身体ごと振り向いて、最後のひとつは不純ですね、という突っ込みの表情を見せてくれた。

律儀な先輩だ。

まあ落ちをつけたところでこの話に続きはないのだが、当然、宇宙からの使者は来なかったし異次元からの声は聞こえなかったし過去の時代からの呪文の詠唱による召喚もなかった。

もちろん、空から女の子も降ってこない。

ぼくは選ばれなかったのだ。

そう思った。

選ばれし者じゃなかった、とあるぼくの物語——

仮にぼくの人生が一冊の本にまとめられるのなら

ば、きっと帯の文章はそんな感じだろう。

そして思ったのだ――自分は囲われているのだと。

この檻のような世界に澱のようにたまって、一生逃れることができないのだと――地上から宇宙に出ることはできないし、日常から外に出ることはできないのだと。

とは言え小学生。

一生なんて言葉をリアルに想像できていたわけではない――殺されて死ぬ人生があるなんてことを、実感できていたわけでもない。

いかれた偽物。

いい表現だ、まったく。

ところで串中くん、と病院坂先輩は二、三歩後ろに下がってきて、ぼくを先導するようにではなく、並んで歩く隊形になったところで、ぼくに目配せで訊いてきた。

事件に関する情報がお互いに共有されたところで一つ串中くんに質問なのですけれど――あなたは誰が犯人だと思いますか？

「誰がって……そんなこと、わかりませんよ。だから病院坂先輩を頼ったんじゃないですか」

あれから、音楽室で、事件に関してぼくは病院坂先輩にぼくの所有する情報をできる限り詳《つまび》らかにした。もちろん、ぼくだって全てを知っているわけではない――警察官として、身内にだって伏せなければならない情報というものがあるはずだ。まあそんなことは病院坂先輩も先刻承知のはずだったが……ぼくが知る限りの事件の情報、それに前日のこぐ姉の様子などを、ぼくは包み隠さず病院坂先輩に話した。先輩は決して聞き上手な人間ではない――相槌さえも打ってくれないのだから、こちらとしては独り言を喋っているような気分にさせられるときもある。が、全てを聞き終わるや否や、病院坂先輩は、それじゃあ行きましょうかと言うように満面の笑みを浮かべて、椅子から立ち上がったのだった。

どこにですか、と聞くと、彼女は無言のうちにこう答えた。

言うまでもなく時計塔ですよ、と。

彼女にとって言うまでもあることとはいったいどんなことなのだろうと思わざるを得なかったが、それはともかく。

「病院坂先輩は犯行の方法については推測があるみたいなことを仰《おっしゃ》ってましたが、犯人のほうはまるで見当もつかないと言う感じなのですか？」

そんなことはありません。ついさっきまではそう言って言えなくもありませんでしたが、あなたの話を聞かせてもらったところでおおよそのところは絞れた感じです。今訊いたのは、あなたの意見が気になるからですよ。被害者の弟としての感情的な意見が聞きたいのです、という表情を、病院坂先輩はぼくに向けた。

あけすけだなあ。

やはり気遣いがあったと見るのはうがち過ぎか。

別に、無理矢理いい解釈をする必要もない。

「まあ、順当に考えれば学校関係者でしょうね」

ぼくは言った。

病院坂先輩はぼくを試すつもりかもしれないが、ここでぼくとしても病院坂先輩の資質を測っておきたい——隣を歩く彼女の反応を確認しながらだ。

「学校ってのは閉鎖的な組織だし——何より囲われちゃってますからね。部外者が立ち入るにはちょっとばかし度胸が必要です——まして中で事件を起こすとなれば、尚更でしょう。逆に、関係者にとっては学校の敷地内はいうならば自分の縄張りのようなものです——テリトリーです。換言すれば事件を起こしやすい環境とも言える」

ここでいう学校関係者には、生徒だけではなく教職員も含まれる。むろん、事務員や用務員といった人達もだ。

それから？

病院坂先輩は寡黙さを保ったままでぼくに重ねて問いかけてくる。

もっと犯人候補は絞れるでしょう？

「……テリトリーと言うのであれば、しかし、時計塔という場所は特殊でしてね——あそこに立ち入れる者はそうはいない。こぐ姉が時計塔から突き落とされたというのなら、犯人は、時計塔はその気になれば屋上に出入りできる建物だということを知っている人物に限定されます」

普通は屋上に出られることを知りません、とぼくは補足した。

「事件が起きた今となっては、学校関係者の誰もが知ってしまっていることですけれどね。ちなみに病院坂先輩は知っていましたか？」

いいえ、知りませんでした。私でも知らないことくらいはありますよ。病院坂先輩は軽く唇を尖らせて、そう言うに代えた。

「テリトリーという言い方をするなら、時計塔の屋上はＵＦＯ研のテリトリーです。ゆえに、ＵＦＯ研の人間が怪しいと言わざるを得ない。ＯＢやＯＧはもう学校関係者ではないとして……会長であるこぐ姉を除いた現会員のふたり。崖村牢弥先輩と童野黒理先輩です」

そのふたりが筆頭の容疑者、と言うわけですね。

病院坂先輩はそんな風に微笑む。

「いえ……あのふたりが容疑者なのは確かですが、筆頭というわけではありませんよ。時計塔の屋上のことを知っていたのは、何もＵＦＯ研の人間だけというわけじゃありません。まずぼくが知っています」

串中弔士。

ぼくこと彼もまた——容疑者のひとりだ。

「ですよね？　病院坂先輩」

そうだ。

病院坂先輩の立場からすれば——ゲームを実行するに当たって、ぼくを疑わないわけにはいかないだろう。うがった見方というのならば、ぼくを捜査——否、探偵ごっこに付き合わせることで、犯人としてのぼろを出すことに期待しているという見方もできないこともない。

まあ、ぼくは犯人じゃないんだけれど。

「そしてもうひとり——犯行の直前、ぼくはクラスメイトのふや子さんにあの場所のことを教えています。ふや子さんがあそこのことを知って、そしてその直後に事件が起きたことを考えると、どうでしょうね、彼女こそ筆頭の容疑者と言えるのかもしれません」

ふむ。

つまり容疑者は四人ですね。

病院坂先輩はそう言うように、頷いた。

実際にはことはそこまで単純ではない——容疑者をここで四人にまで絞るのは多少強引な考え方だ。UFO研のテリトリーとは言え、こぐ姉は弟とは言え部外者であるぼくにその場所のことを教えてしまっていた。同様に他の誰かに、時計塔の屋上へ行くルートを教えていないとも限らない。あの人の天然ぶりを考慮すれば、それは低い可能性とは言えないだろう。

また、そうは言ってもあそこは学校施設の一部なのだ、半ば管理を放棄されていたとは言え、教職員の側に知っている人がいただろうことは容易に想像できる。その辺りは多分、警察の捜査で詰めているのだと思うが——

「関係性の問題を考えるとですね」

ぼくは自らの見解を述べる。

「こぐ姉は三年奇人三人衆のひとりに数えられるだけあって、人間関係が希薄な人でしたからね。ぼくに友達が少ないことを心配していましたが、こぐ姉だって人のことが言えたわけじゃない。そういう意味では殺そうと思うほどの動機を持つ人間の数は——絞られる」

時計塔の屋上を知っている人物。

こぐ姉と関係を持つ人物。

このふたつの集合の重なる部分を考えれば——お

のずと容疑者は、先にあげた四人に限定されてくるというわけだ。

即ち——ぼくを含めた四人。

串中弔士。

崖村牢弥。

童野黒理。

伽島不夜子。

しかし串中くん、伽島さんは串中先輩とは不仲だったと言うからともかくとして——崖村先輩と童野先輩についてはどうでしょうね？　奇人三人衆……というネーミングには失笑を禁じ得ませんけれど、しかしそうひとくくりにされてしまうくらい、お姉さんとそのふたりは仲が良かったのでしょう？

病院坂先輩は、そんな風に確認するような視線を、ぼくに送ってきた。それはやはりぼくを試すような態度だった。

「仲がいい、というのは殺人の動機になりえます」

試される身としては、多少背伸びをしてでもそれらしいことを言わざるを得なかった。ぼくは中学一年生にして、知ったようなことを言う。

「要するに感情の強弱の問題ですから」

それに、これは現時点ではまだ病院坂先輩に教えるつもりのないことではあるが——崖村先輩、ろり先輩、それにふや子さんには、こぐ姉を殺そうという動機があるのだ。

さしずめ、親しき仲にも狂気あり、ですかね？

病院坂先輩はそんな洒落た台詞を、頬の動きだけで表現する。

「あるいは狂おしき仲にも礼儀あり——かもしれませんね。もちろんぼくはこぐ姉のことが大好きでしたよ？　大の仲良しでした。しかしだからと言って——あの人のことを鬱陶しいと思わなかったことがないわけじゃない」

ゆえに、ぼくにだって動機がないとは言えません——ぼくは病院坂先輩にそう言った。

ちょっと正直過ぎるかな、とも思ったが、しかし病院坂先輩は、そうですね、実のところ私も大まかなところ、串中くんに同意見です、と言うように、ぼくにアイコンタクトを送ってきた。

ゲームに制限時間がある以上、ある程度は当て推量で動かざるを得ませんしね。決め打ちもやむを得ないでしょう。現実的なことを言えば、後先考えない変質者が串中先輩を襲い、脅して時計塔の上まで案内させ、そこで凶行に及んだのだという線も決して薄くはありませんが、その手の可能性は考えないようにします。串中先輩は性的暴行を加えられてはいなかったのでしょう?

そんなアイコンタクト。

被害者の身内に露骨なことを訊くなあ……。

「ええ。さっき言った通りです。スタンガンで気絶させられ、首を絞められ、突き落とされた。その他に外傷はありません――犯人と争った痕跡さえありません」

だから顔見知りの犯行かもしれないと、家にやってきた刑事さんは言っていた――そうだ。ぼくが寝こけている頃のことなので、親からの伝え聞きの情報だけれど。

きっとそれが肝要なのでしょうね、と言いたげに病院坂先輩は首を傾げる動作をする。

「どういうことですか?」

殺し過ぎなのですよ、という意味を含めているのだろう、病院坂先輩はぼくの質問に対して、ため息をつくような動作をする。

スタンガンくらいならばこのご時世、誰でも手に入れることができるでしょう。その入手ルートから犯人を特定するのは少なくとも私達には難しいです。しかし、スタンガンを行使した時点で、既に串中先輩の生殺与奪の権利は犯人が有していると言って構いません――ならばそこをナイフで一突きでもすればいいではありませんか。

病院坂先輩はそんな風にくすくすと笑う。

笑いながらする話でもないと思うが――ぼくはあ

えてそこには触れず、病院坂先輩の指摘に対し、自分の感想を率直に告げる。

「……ナイフで一突きするのも首を絞めるのも、殺すという意味では同じでしょう？」

人間一人を絞め殺すというのはなかなかの重労働なのですよ？　相手が意識を失っているのなら、首を絞めるよりも刺したほうがずっと楽です、と言うように病院坂先輩は、表情でぼくに説明する。

「返り血で自分が汚れるのが嫌だったんじゃ？」

かもしれません。しかし、だとしたら、最初から、時計塔の屋上からでもどこからでも、突き落とせばよかったじゃありませんか。その場合は首を絞めるのは余計です——どうしても首を絞めたかったのならば、突き落とす必要がなくなる——殺し過ぎなのですよ。

病院坂先輩はそういう目でぼくを見た。

「ふうん……言われてみれば、そうですね。けど、こう考えることもできませんか？　首を絞めて殺そうとした——けれど、それが思ったより重労働だった。だから、転落死させる方法に、途中で切り替えた——とか」

そう考えることもできます。

しかしそうではない考え方もありますね。

病院坂先輩は首を振ることにより、そう主張した——どうやら病院坂先輩の中では、確定したひとつの答えがあるらしく、聞いてくれているようでいて、ぼくの意見を考慮する気は全くないらしい。

まあいい。

別にぼくも病院坂先輩にいちゃもんをつける気はないのだ——どうせぼくの考えと病院坂先輩の考えが対立したなら、病院坂先輩の考えのほうが正しいに決まっている。

これでも身の程は弁《わきま》えているのだ。

出過ぎた真似をするつもりはない。

ぼくは選ばれし者じゃない——偽物だ。

ならば大人しくお手並み拝見といこうじゃないか。

それに、もうひとつ気付いた。

病院坂先輩の、『時計塔の屋上からでもどこからでも』という視線で気付かされた――犯人はどうして、他のどこからでもなく、時計塔の屋上からこぐ姉を突き落としたのだろう？

そのお陰で犯人は限定されたと言うこともできるが――犯人側からすれば（限定した中に犯人がいるとして）そのせいで犯行が露見しやすくなってしまったと言えるのではないだろうか。

つまり、犯人にとって犯行場所は時計塔である必要があったのかもしれない。あるいは、偶発的に、計算外の、衝動的な犯行だったということなのか……。

「そうですね……病院坂先輩の仰った通り、時計が動き出した理由も気になりますしね」

その辺りから私は犯行の方法を割り出したのですよ、と、そこで病院坂先輩はそう言った表情を作った。

今からそれを確認に行くのです、という表情だった。


「犯行の方法が特定できれば、犯人も特定できますか？」

それはわかりません。

ぼくの期待を込めた質問に返ってきた顔は、そんなにべもない顔だった。

そりゃそうか――不確実なことは保証できないよな。さっき音楽室で出したぼくの『最低限守って欲しい条件』に対しても、病院坂先輩は頷きはしなかった。

犯人探しの探偵ごっこね。

しかし、何でそんなことをしたいのかな？

興味本位にしろ何にしろ――ミステリー小説ファンって、みんなこんな感じなのだろうか。ミステリーマニアを主役に据えた小説も結構多いとは聞くし……。

けれど現実と虚構は別物だろうに。

「えっと」

別にそれについて質問をしようとしたわけではなく、ぼくはなんとなく病院坂先輩の横顔を眺めていただけだったのだが、病院坂先輩はそんなぼくの表情を逆に読んだのだろう、私の従姉どのは——と、流し目のような眼差しだけでぼくに語り始めた。

私の従姉どのは——殺人事件を体験したことがあるそうです。

また従姉どのの話だ、とぼくは思う。

しかし、殺人事件？

「どういうことですか？」

詳細を説明しても仕方がありませんし、私も説明できるほどことの事情を詳しく知っているわけじゃないのです。けれど私の従姉どのも今私がしているように——積極的に、事件にかかわっていったそうですよ。

病院坂先輩はそこまで目で語って、途端、ふいっとぼくから目を逸らしてしまった。表情が読めなくなると、だから病院坂先輩が何を考えているのか何を思っているのか、まったくわからなくなってしまうのだが……。

「要するに」

ぼくは適当に想像して、間を持たすために言葉を繋ぐ。

「病院坂先輩は、その従姉どののみたいになりたいんですね」

すると、病院坂先輩はこちらに向き直った。

それは——いつになく厳しい表情だった。

まるで違います。

その表情はそう言っていた。

たとえ来世でゴキブリに生まれ変わることがあろうとも、私はあの従姉どののようにだけはなりたくはありません。

「は、……はあ」

その表情に少し引きつつ、ぼくは頷いた。

しかしそれでも収まらないくらいぼくの答に気分を害したのか、病院坂先輩は歩調を早め、角を曲がって階段を下りていった。

ぼくは慌てて、その後ろをついていく。

しかし……よく話題に上げるから、てっきり病院坂先輩はその従姉さんのことを好意的に思っている、もっと言えば憧れているのだと思っていたけれど……違うのか？

むしろ今の反応は、その従姉を憎んでいると言ってもいいような感じだったけれど。

「…………」

病院坂先輩の振る舞いに当惑し、なんとも声をかけづらくなって、無言で並んで歩いているうちに、講堂に到着した。人がいないかどうかを確認して、ぼくと病院坂先輩は中に這入った。

そのまま時計塔の入り口のある控え室へと移動。足元に気をつける風もなく、病院坂先輩は扉のほうへと向かった——当然だが、鍵がかかっている。鍵の隠し場所はどこでしたっけ？　と言うようにぼくを振り向く病院坂先輩。

とりあえず、現場が近くなったことで、彼女の機嫌は直ったようだった。ぼくは胸を撫で下ろしつつ、例の収納箱を軽く持ち上げる——半ば予想していたことだが、そこに鍵はなかった。セロハンテープの剝がされた跡だけが残されている。

まあ、警察の現場検証も節穴じゃないだろうから、な……こんなありきたりな隠し場所じゃ、むべなるかなだろう。殺人事件の重要な『証拠物件』として回収されたって感じかな……となると、あれがUFO研の備品であること、延《ひ》いてはUFO研の人間が時計塔の屋上に出入りしていたことまで、突き止められているのだろうか？

とりあえず家に来た警察官の話を伝え聞く限りにおいては、ぼくが何度か屋上に上ったことがあることは知られていない風だったけれど……、でも、あの鍵、指紋とか調べられたら一発だよな。まあ、ぼくに関しては後ろめたいことがあるわけじゃないが——ともかく。

「どうしますか？」

ぼくは病院坂先輩の背に訊く。

意気揚々と、それこそ探偵気取りで乗り込んで来たはいいが、いきなり、文字通り扉が閉ざされていたのでは、気勢をそがれるもいいところだ。まさか職員室に行って鍵を借りてくるわけにもいかないし……そもそも職員室に鍵なんてあるのか？

そう思って病院坂先輩を見れば、彼女は足下に散乱していたビニールロープの一本を手に取って、それを畳んだり伸ばしたりして遊んでいた。

いや、遊んでいるわけではないのだろうが……。

「何をしているんですか？　病院坂先輩」

はい？

そんな感じに病院坂先輩は首を傾げる。

いいえ、何でしょう――もしかしたらこれが串中先輩を殺した凶器なのかもしれないと思いまして。

そんな感じの振り向き方である。

「え……首を絞めたロープだろうってことですか？」

ぼくが確認すると、病院坂先輩は頷いた。

なるほど……でも。

「さっき音楽室で言ったと思いますけれど――確かにこぐ姉は首を絞められて、その上で時計塔から突き落とされたそうですが、直接的な死因は飛び降りのほうですよ。絞死ではなく転落死――です」

だから、首を絞めるのを途中で諦めて突き落としたのだろう――と、ぼくはそんな推測を立てたのだった。

「だからロープはこぐ姉を殺した凶器とは言えないんじゃ……」

言われるまでもなくわかっていますよ。串中くんに心配されるほど私の記憶力も不確かではありません。それに――大体、このロープが凶器だという可能性は低いでしょうね。ここに凶器が戻されたのだとすれば――警察がもう回収してしまっているはずでしょうから。

病院坂先輩はそんな表情をし、ぼくに応じた。

私が犯人だとするなら、首を絞めるためのロープはここにあるものを使うでしょうし――そしてここに戻しておくでしょうけれどね。

「どうしてですか？」

木を隠すなら森の中——灯台下暗し。

世の中にはこの手の諺を、本気で信じているお馬鹿さんが少なからずいるからですよ——私ももちろん、そのひとりだということです。

病院坂先輩は今にもそう言いそうな感じに笑って、そして、そのロープを腰にあてた手に持ったまま、時計塔への扉へと移動する。

「あ……病院坂先輩。あのですね、鍵が……」

遅ればせながらぼくはそのことを報告する。

すると病院坂先輩は、でしょうね、予想済みです、と言うような、決して虚勢ではなさそうな強気な顔をした。

「予想済みって……どうするんですか？　やっぱり帰るとか？」

まさか、敵前逃亡は名探偵の恥ですよ。こんなこともあろうかと、最初から対策は用意してありました。病院坂先輩のぼくを見る視線は、まるでそう語っているようだった。

どういうことだろう……、まあ確かに、鍵がかかっていて、その鍵が回収されているかもしれないということはぼくも予感していたことだけれど……、あ、わかった。

そうか、病院坂先輩はピッキングをするつもりなのだ。特殊なテクニックだとは聞くが、病院坂先輩のことだ、きっとそれができるに違いない。やはり一人奇人ともなると持っているスキルが違う……そうとわかれば、見物の一手に尽きる。ぼくは病院坂先輩に、

「では、お任せします」

と見せ場を譲った。

病院坂先輩は取り出した金槌でドアノブを打った。

えい。えい。えい。えい。えい。

そんな感じに一心不乱に。

打った。打った。打った。打った。

壊れた。

見ましたか、串中くん。

病院坂先輩はそう言わんばかりの得意げな表情でぼくを見たが、ぼくとしてはできれば見たくなかった。

「ど、どうするんですか。これ……」

かろうじて出たぼくのリアクションに、別にどうもしませんよ、放っておけばいいじゃないですかと言うように、悪びれることもなく、病院坂先輩はドアを開け、足早に時計塔へと這入って行く。

ぼくとしては言いたいことがないでもなかったが、しかしやってしまったことは仕方がないと言わざるを得ない。

ぼくは病院坂先輩のあとに続いた。

階段を昇る途中で、病院坂先輩は、そう言えば、というように、振り返って、器用に後ろ歩きで階段を昇りながら、ぼくに無言のうちに訊いてきた。

私の記憶力は確かですからこれは音楽室では聞いていないことだと思うのですけれど、串中くん、串中先輩が殺されたあの夜、あなたやあなたのご両親は不審には思わなかったのですか？

「不審って……何をですか？」

だから——夜が更けても姉が帰ってこないことについて、ですよ。

病院坂先輩は表情だけでそう畳み掛けてくる。

しかし、本当に容赦ないな、この人は。

その質問は、そこでぼくや両親が不審を覚えていたら、犯罪は未然に防げていたかもしれないと言っているに等しい。

警察の人が説明した、こぐ姉の死亡推定時刻は深夜二時ごろ——いわゆる丑三つ時である。年頃の娘がそんな時間に出歩いているのを、家族として心配しなかったのかと——そう聞かれているに等しい。

責めるつもりはないのだろうが——そもそも病院坂先輩にぼくや両親を責めるような、そんな理由はないだろうが——実際には深くナイフを突き立てているようなものだ。

本当に、ちぐはぐな先輩だ。

「こぐ姉がふらっとどっかに出掛けちゃうことはよくあることでしたからね——こんなの理由にならないかもしれませんけれど。小学生のときから既に、あの人ひとりで、東海道五十三次や四国八十八箇所を歩いて回って遊んでいたくらいに活動的なひとだったんです」

ぼくは言う。

「UFO研も、割と頻繁にゲリラで合宿を行なってましたしね……あの日もその類《たぐい》だと思ってましたよ。紳士的な宇宙人でも呼んでいるのだとばかり」

そうだったのかもしれませんよ——時計塔の屋上はUFO研のテリトリーだったのでしょう？　秘密の合宿中に何らかのトラブルがあったのかもしれません……あくまでも可能性の話ですけれどもね——

病院坂先輩はそんな風に意味ありげに微笑んで、再び前向きに向き直った。

その辺りでタイミングよく中二階に辿り着き、そこからは梯子での移動。

病院坂先輩は先に登ってください、とばかりに、梯子の前で足を止めて、代わりに手を招くように動かした。

むう。なかなかの警戒心だ。

さすがに中学二年生ともなるとガードが固い。

まあ、病院坂先輩は学ランだから、先に登ってもらっても何も幸せなことはないわけだし、いいのだけれど。

そう思ってぼくは先に梯子に手をかけ、登り始める——

「……あ」

って、むしろ今はぼくがスカートじゃん！

さすがに病院坂先輩は携帯電話のカメラでぼくのスカートの中を撮影するような真似こそしていなかったものの、しっかりと下から上に、ぼくの勇姿（？）を凝視していた。

心なし顔が赤らんでいる。

表情豊かな病院坂先輩においても、それはレアな表情だった。

こ、これは恥ずかしい……！

ふや子さんには本当に申し訳ないことをした！

ぼくは咄嗟にスカートを抑えようとしたが、しかしそれよりもさっさと屋上に出たほうがいいと判断し、天に向かって犬掻きをするような動きで梯子を登った。

病院坂先輩は初めて登る梯子にも臆することなく、ぼくに続いて登ってきた。

と、そこで、別に羞恥心を紛らすためではないが、ぼくはひとつ、仮説を思いついた。いや、まさしく思いつきであって、それはとても仮説と言えるようなものではないのだけれど——

時計塔の屋上。

その場所を知っている人間を、ぼくは暫定的にUFO研の人間、そしてぼくとふや子さんに限ったが……ひょっとして、病院坂先輩も知っていたんじゃないだろうか？

そう思う根拠は、あの日のことである。

時計塔の屋上で——ぼくは病院坂先輩が校門を出る姿を見た。時計塔の時計を確認する病院坂先輩の姿を——あのときもちらりと思ったが、ぼくから見えたということは、ひょっとして病院坂先輩からも見えていたのではないだろうか——

時計塔の屋上に出入りできることが、そのとき病院坂先輩に知れたのだとすれば、病院坂先輩にも容疑者としての『資格』があるということになるのだろうか……？　ふや子さんについてそう思ったように、屋上のことを知った（かもしれない）その夜に犯行があったということを思えば、容疑は濃いのかも……。

いや、そう単純には考えられないか。

屋上に出入りすることができるのを知っても、病院坂先輩は鍵の隠し場所を知らない（はずだ）。ピッキングのスキルもどうやら持ち合わせていない（ようだ）。

まあ、それについては鍵を開けたのがこぐ姉だとか、できない振りをして（さっきのはぼくに対するアピールで）実はピッキングはできるとか、そんな理由があったとしても——

そもそも病院坂先輩には理由がない。

こぐ姉を殺す動機がないのだ。

一人奇人の病院坂先輩は——こぐ姉との接点がない。

最近のミステリー小説は動機を軽視する傾向にあるらしいが、やっぱり物事には原因があって結果がある。

動機がない以上病院坂先輩は犯人にはなり得ない。

それでこその——探偵役である。

探偵が容疑者になるようなミステリー小説は根本的に間違っているのだ——と、どこかで聞いたような気がするし。

そんなことを考えているうちに、屋上に出た。

病院坂先輩は開口一番——いや口を開きはしなかったが、さすがに下着までは串中先輩のを着用しているわけではないのですね、と言うような、照れた感じの表情を見せた。

照れるのはこっちだ……。

「それで？　病院坂先輩——いえ、病院坂先生」

ぼくは照れ隠しにおどけながら、彼女に話を振る。

「ご所望の通り、時計塔の屋上に到着いたしましたけれど。どんな謎解きを披露していただけるんです？」

性急ですねえ。

串中くん、私は初めてこの場所に来るのですよ、少しくらいはこの眺望を楽しませてやろうという気にはなりませんか？　心の余裕をなくしては、人間は人間らしさを失ってしまいますよ。

病院坂先輩はそう言いたげな風な、冷めた流し目でぼくを見て、それからしかし、まあいいでしょう、そう言えばあなたは実の姉を殺されているのでしたね——と、そんなことを今思い出したかのような感じに優しい含み笑いを漏らした。

まあ、そうなんだけど……。

そういう気持ちと別に、この場所は風が強くて、気をつけていないとスカートがめくれちゃいそうなんだよな……ふや子さんはそんなことを匂わせもしなかったけれど、うーん、ここ、全然愛の告白には向いてない場所だ。

見つかってもまずいし、早く地上に帰りたい。人は重力と共にしか生きられないのだ。

「ええ、病院坂先輩。そういうことなんで、始めてくださいな。とりあえず情報と認識を共有しないことには、手伝いようもないので」

はい、わかりました。

病院坂先輩は声には出さず、しかし頷いた。

そして探偵ごっこの謎解きもどきが始まる。

III

結局のところ科学捜査も情報操作もどうしたってしようのない一介の中学二年生という私の立場、立ち位置からは所詮推理とは名ばかりの推測、決め付けのあてずっぽ以上のことはできませんが、しかしそれにしたって今回、串中先輩が殺された事件について考えるときにヒント、とは言わないまでも手がかりの取っ掛かりとなるべき要素と断言できる事実がたった一つだけあります。つまりいったい何をメインに据えて考えるかということなのです、串中くん——何であれ中心と重心さえ見つけ出し、そして見失わなければ、大きな間違いなどあり得ないのです。そして今回の中心は間違いなくこの時計塔であり、重心は動き出した時計でしょう。半年前から分針が停まり、時針のみがむなしく動いていたこの時計が——串中小串さんの死と同期するかのように動き始めました。このことに注目せずに事件の解決はありえません。そうですね？　そして中でも重要なのは、停まっていた分針が動き出したはいいのですが――その指し示す時間がまるででたらめだということです。およそ四時間半、実際の時間から時計の針が進んだ状態で――動いているのです。と言ったところで、串中くん、そこにサブの推理材料を配置しましょう――さきほど言いましたね。殺され過ぎた死体――です。首を絞められ、その上で突き落とされた死体――もちろんあなたが先ほど指摘したように、絞め殺すことを途中で諦めて、突き落とすという方針に切り替えたという線も厳然としてあります。ですが、しかし、その殺され過ぎた死体を動き出した時計と組み合わせて考えますと、ひとつの絵空事にも似た結論に辿り着くのですよ。意外と現実味を帯びた結論――案外と真実味を帯びた解決に辿り着きます。解決というより、それは解釈なのかもしれませんけれど――まあ聞いてください。これは即ち、思いつきのような犯罪だったのですよ――そうだったらいいのになと私は思います。こんなことがあったらいいのにな――串中先輩を殺した犯人、これを仮に『時の番人』と呼ぶことにしましょう。……失笑しましたね？　じゃあやめましょう、普通に犯人とだけ呼ぶことにします。犯人はまずスタンガンを使って串中小串の意識を奪います――意識を奪う方法については私には推測が立ちませんでしたが、警察がそう判断した以上、スタンガンなのでしょうね。さっきも示した通り、このご時世、誰でも手に入れることができる代物です。警察ならまだしも、そこから犯人を特定することは私にはできません――だからそのまま話を進めます。犯人の行動を推測します。思いつきのような犯罪と言いましたが、これはあり合わせの犯罪と呼ぶこともできるでしょうね。時計塔と、そして恐らくはあの控え室にあったと思《おぼ》しきロープの一本を使っての犯罪――自分で用意したのはスタンガンくらいのものです。犯人は気絶させた小串先輩をこの屋上まで運んで来ます——いや違いますね、そうではありません。そうは言っても人間ひとりの重さです、それを背負って、階段ならともかく梯子を登ることはちょっと難しいかもしれません。屋上に連れ出してから気絶させた可能性のほうが高いでしょう。気絶した人間を背負って時計塔を登るのは重労働ですよね——首を絞めて殺すのと同じくらいの労力だと思います。その繋がりで言うなら、串中くん、人を突き落とすというのも、やっぱりそんな簡単なことではないのですよ。位置エネルギーを高めなければならないのですからね——時計塔の屋上で気絶させることができるならば、気絶させるまでもなく、そのまま突き落とせばいいのです。ここにもひとつの不自然があるわけですね。まあ、これは後付けの推測なので偉そうに言えたものではありませんが——結論から言わせてもらえるのならば、犯人は本当は串中先輩を絞め殺そうとしたんだと思います。時計塔から串中先輩が転落してしまったのは犯人の計算ミスなのですよ——それこそ失笑ものですが、しかしね串中くん、ミステリー小説においてはこういうケースがもっとも警戒すべきなのです。犯人の計算ミスにより説明不可能とも言える奇妙な状況が生じてしまうというケースが——犯人を名探偵と比肩しうる存在に位置づけようとするのならば、それはあってはならないケースなのです。名探偵にミスが許されないよう、本来ならば犯人にだってミスは許されません。完全犯罪は完全な形で行なわれなくてはならないのですよ——まあ、犯人はすべからく探偵によって粛清されるべきであるという絶対のルールを否定するわけにはいかないのですから、完全犯罪という言葉自体が実際はかなりお粗末なものなのですけれど、しかしもしも私が被害者であるならば、間抜けな犯人よりは知的な犯人に殺害されたいものですけれどね。とは言え読み物の中でさえそうなのですから、現実の犯罪においては犯人のミスなどさほど珍しくもありません――大抵はそこから犯行が露見します。この事件の犯人は素人ですよ――まあ、探偵ごっこの探偵役を務めようというこの私もまた素人であるのですから、どっこいどっこいのお互い様ってところなのかもしれませんが。大分話が逸れました、戻すとしましょう。私の推測するところ、素人の犯人は、猪口才《ちょこざい》にもアリバイ工作をしようと思ったのでしょうね――つまり、犯行があったその時間、串中先輩が殺されたその時間には他の場所で他のことをしていたのだという、自らの潔白を示す状況を作り上げようとしたのです。そのために――このようなロープと、分針の停まった時計、この大型時計を利用することにしたのでしょう。ロープと大型時計を使用しての、機械的な仕掛けを打ったのです。物理トリックというのですけれどね――まあこの単語のことは気にしなくて構いません。本格推理小説によくある何とか講義とやらをやれるだけの素養は私にはありませんからね、もしも質問されても答えることはできないのです。私なんて、ただの探偵ごっこ好きですよ。人が死んで、殺されて、はしゃいでいるだけです――だから私は単純に犯行の方法だけをあなたに対して示します。あなたの姉がどのように殺されたかという、主観的かつ客観的な事実だけを。まずはこのロープです……いや、このロープではありませんけれど、とにかく、控え室にあった、打ち捨てられたロープ。長さは、私の持ってきたこのロープよりもずっと長いものを用意する必要があります。ロープの長さはある程度計算しなければならないでしょうね――しかし、算数の知識があればそう難しい計算にはなりません。でもまあ、わかりやすく説明するためにこのロープを例として使わせてもらうことにしましょう。こんな感じに……ロープの端っこに小さな輪を作ります。両端ともにです。そう簡単には解けないように――絶対に解けないように、こういう固結びをしておいたほうがよいでしょう。輪の大きさは、これもある程度の調整が必要ですけれど……まあ、この場では大まかにしておきましょう。あなたもそう細かいことにこだわりはしないでしょう、串中くん？　反対側の端っこもこうして同じように輪を作って……はい、できあがり。これで凶器の——できあがりです。串中くんもそろそろピンと来てもいいのではありませんか？　まあそれでも一応最後まで説明させてくださいね。せっかくの見せ場なのですから——このロープを投げ輪の要領で——まず分針に引っ掛けます。今は……えっと、正確な時間が四時二十分だから四時間半進んだ時計塔の時計は八時五十分を指していますね。だけれどこれは一週間前の話ですから、そのつもりで臨んで……分針は『X』の辺り、五十分の辺りを指し示していたと思ってください。時計の針は先細りの、正に針という形です——だからうまく針に輪を通せば、適当なところでしっくり来ます。それ以上下には落ちず、引っかかるということです。そして串中くん、ここが重要なことなのですが——その分針は動きません。方向が少し微妙ですが、比喩として、杭のようなものだととらえてください——杭にロープをくくりつけたようなものなのだと、そうとらえてください。そしてそのロープを、今度は串中先輩の首に巻きつけるのです。気絶した串中先輩を……、仰向けに横たえます。この屋上に——時計のある面に頭を向ける形でね。串中先輩を風見鶏になぞらえた比喩を口にしようと思いましたが、それは串中くんに気を遣ってやめておくことにしましょう。とにかく、仰向けに寝転がした串中先輩の、首に下からロープを通して、そのままくるりと巻きつけます。後ろから首を絞めるときのニュアンスですね。ただしここで、完全には首を絞めてはしまいません——マフラーのように、あくまでゆるく巻きつける程度です。私の持ってきたこのロープでは全然長さは及びませんが、そもそも分針に投げ輪を引っ掛けることさえ及びませんが、しかしさっきから言っているよう、実際にはもっと長いロープを使用します。首に巻きつけたところで、まだまだロープがあまる感じにです。そしてあまった分のロープをどうするかという話ですけれど——これを、分針に投げ掛けた反対側の端っこと同じように投げ輪の要領で、今度は時針に引っ掛けます。ここで肝心なことは、時針は分針と違って動いているということなのですが——しかし時針の動きは十二時間で三百六十度、即ち一時間につき三十度、ゆえに一分あたり二分の一度程度のものです。投げ輪の難易度的には止まっているのとほとんど変わりません——それに、分針のときもそうですけれど、別に失敗しても構わないのですからね。成功するまでやればよいだけの話です。十回も投げれば誰でも成功します——ただ、大事なのは犯人がその投げ輪遊びを行った際の時針の指し示した時間ですね。その範囲は恐らく午後十一時から午前一時の間です。どうしてそんなことが言えるんだと言いたいでしょうが、これはそう考えるしかないのですよ。串中先輩の死亡推定時刻は午前二時ごろ——でしたよね？　ならば、尚更そうなのです。犯人がここ、時計塔の屋上にいたのは——午後十一時から午前一時の間だと、尚更そう言えます。それでこそのアリバイ工作です、そうでしょう？　まあ、犯行が可能なのがその二時間あたりだというだけで、当然多少の誤差はあるでしょうし、現実的に『推理』するならば、より午後十一時に近い時刻でしょうね。死亡推定時刻は、古きよき時代の探偵小説に較べればかなり厳密に特定できるようになっていますが、それでもピンポイントで導き出せるわけではありません——だから、串中先輩の死亡時刻と実際の犯行時刻は、できるだけ離れていたほうがいいのですからね。そして、どうして午後十一時から午前一時という推測ができるかと言いますと、そうでないとロープがたるまないからですよ。死亡推定時刻が午前二時ごろ——時針にひっかけたロープがその頃に張り詰めるのだとすれば、投げ輪に見立てたロープを時針に引っ掛けられるのは、その二時間だけです。時針も分針と同じく先細りの針の形だから、無理に縛りつけるまでもなく、ロープはしっくりと引っかかります。まあ、分針と時針、それにロープと串中先輩とで、ゆるめの四角形を作る形になるわけですね——そして、以上で犯行は終了です。あとは犯人は、梯子と階段を降りて、控え室の扉に鍵をかけ、鍵を元の位置に戻して——そのままどこかに行って、アリバイ作りに精を出せばいいのです。あとは放っておいて構いません。そして時間が経過するうちに——時針は動きます。十二時間で三百六十度、即ち一時間につき三十度、ゆえに一分あたり二分の一度程度の速度で時々刻々と……遅々刻々と、しかし確実に時針は動きます。そして午前二時——ロープは張り詰めます。ゆるめの四角形は——れっきとした四角形になるのです。そうなるとどういうことになるのか、最早説明の必要はありませんね？　串中先輩の首に巻きつけていたロープが——締まるのですよ。

時計塔はこのようにして——殺人装置として機能します。串中くん、これは巨大な時計の針を利用して人間ひとりの首を絞めようという、なんともダイナミックな犯罪だったのですよ。……もちろん、それは犯人の計画がそうであったと言うだけで、その計画は成就しませんでした。計算ミス——ですよ。人間の首を絞めるのがなかなかの労力だということは何度も繰り返していることです。人間というのは意外としぶとい——首を絞められようとも、串中先輩が死なないうちに、やはり時間は時々刻々と遅々刻々と経過します。するとどういうことが起こると思いますか？　串中先輩の身体全体が、ロープによって引っ張られるんですよ。たぶん、犯人は串中先輩の身体に何の重りもつけておかなかったのですね。そんな必要はないと思ったのでしょう——人間の身体は重たいですからね。ああ、こういう考え方もできるかもしれませんね？　実際は串中先輩を気絶させたのは地上でのことで、犯人は階段と梯子を、彼女の身体を背負って登った――だからその重さをよくよく思い知っていた――だから重りは不要だと思った――とか。あくまでも仮説ですけれどね。どちらにしろ、犯人の読みは甘かったのです。串中先輩の身体は時針の動きによって引き摺られていきます――首が完全に締まってしまう前にです。引き摺られて引き摺られて――そして、落下します。転落します。転落死――します。それが午前二時――あたりに起きたことであり、殺され過ぎた死体の真相ですよ、串中くん。犯人は首を絞めて殺すつもりだったのですが、実際には転落死することになってしまったということです。どちらにしろ大して変わらないと思いますか？　まあ、時計塔を殺人装置として利用したという点から見れば確かに大して変わらないのですけれど、でもね、犯人が計算ミスをしたというのはまさしくその点においてなのですよ。だって犯人にはこのあと、犯行の事後処理という大事な仕事が残されていたのですから。本来の予定はこうだったのだと思います。アリバイ工作を終えて、まあ……午前四時から午前五時あたりでしょうか？　まだ辺りが暗い頃でないと駄目ですからね。再び時計塔の屋上に戻ってきて、まずはロープを回収しなくてはいけません。張り詰めたロープを回収するのは難しいですが、捜査する側でもあるまいし、何も犯行に使った凶器を後生大事に保存する必要はありません。それこそナイフか何かで切断し、二本にわけて回収すればいいのです。そして――犯人はその後、串中先輩の死体を時計塔の屋上から別の場所に移動させなければなりません。時計塔を殺人装置に利用したことは、どうしたって隠さなくちゃいけないことですからね――死体は時計塔から離れた位置に移動させなければなりません。まあ、背負って登るのは大変でも、背負って降りるのならばいくらか楽でしょう……少なくともいくらか楽だと予想できるでしょうからね。実際のところ、犯行の痕跡を時計塔にまったく残さずに済ませることはできないのです。ロープが張り詰めて串中先輩の首を絞めるということは、それは時針の動きを狂わせるということです——つまり、時計塔を殺人装置に利用すれば必然的に時計が遅れてしまうのですよ。完全に近い精度を持つこの時計塔の時計がです——しかしそれはある程度は許容されることだという考え方も、まあできなくはありません。既に分針が停まっている時計です——時針が狂っても、さほどおかしくは思われないでしょう。死亡推定時刻をできる限り正しく出してもらわなくてはならないのですから、死体は見つけやすい場所に安置する必要がありますが——しかし、そこは時計塔からそれなりに離れた場所である必要があったのです。時計塔の時計の遅れと串中先輩の死を関連付けられてはなりませんからね——それが犯人の計画だった、のだと思います。しかし実際はそうはなりませんでした……関連付けられてはならないどころの話では収まりませんでした。再び学校に戻ってきた犯人が見たものは、転落死した串中先輩だったのです。何が起こったのかはすぐに理解できたでしょうね——自分の失敗をすぐに悟ったでしょう。けれどどうしようもありません。覆水盆に返らず、零れた牛乳を嘆いても無駄です。犯人は取り急ぎ、ロープだけは回収しました——串中小串の首に巻きついたロープを、ですね。処分するような時間はなかったでしょうから、先ほど推測した通りに、元あった控え室にでも戻しておいたのだと私は考えます。そして恐らくは警察に、隠してあった鍵と一緒に証拠として持って行かれたことでしょうね。あ、顔色が変わりましたね？　ええ、どうやら全部わかったと見えます——さすがですね、串中くん。そう……針に引っかかっていたはずのロープは、串中先輩と一緒に地面にまで落ちて来ていたのです。もしも針に引っかかったままなら、支点となる串中先輩がいなくなった以上、回収のしようがありませんからね。しかし針にロープは引っかかっていませんでした。つまり地面に落ちたということです……つまり串中先輩の身体が落下するにあたって、重力加速度を伴い――今度は串中先輩が、分針と時針を引っ張ったということです。そして午前二時――時針が『II』を、分針が『X』を指し示していた大時計は串中小串の落下により、一気に針を力ずくで動かされ――六時半を示したのです。これが四時間半進んだ時計の正体ですよ。針が上を向いているうちは引っかかっていたロープも、針が下を向いたら抜け落ちます――縛り付けているわけではないのですからね。こうなると、分針がどうして止まっていたのかという故障の理由も推測が立ちます。それは至極物理的な故障だったのですよ。恐らく煉瓦の破片でもが根元の部分に挟まって、分針の動きが阻害されていたのでしょう――だから、『X』より先に進むことはできなかったけれど、『X』より前に戻ることはできたのです。時計の針を戻すことはできない、だが進めることはできるという台詞が、有名なアニメにあるのですけれど――これはその逆ですね。そしてその煉瓦の破片……まあ、小鳥の死体かもしれませんけれど、とにかく分針の動きを阻害していた障害物は、串中先輩が落下するその勢いで取り除かれました。これが時計が動き出した理由ですよ。そして――犯人のミスの無様な結果というわけです。時計が遅れる――程度ならまだしも、それまで壊れていた時計が急に直ってしまったら……それは日常ならぬ異常としかいいようがありませんし、またその時計塔から落下したことが明らかな位置で串中先輩の死体が発見されたとなれば、尚更ですね。かと言って、あああも血だまりが生じてしまえば今更死体を別の場所に運ぶ意味はありません。全てが手遅れです。殺され過ぎた死体というのも、現実的な解釈も可能とは言え、やはり不自然です。事実、それを手がかり足がかりに、私はこうして推理を構築することができたのですから。まあもちろん、私ならば犯人の計画通りに犯行が成就していた場合でも、時針の遅れから同じように串中先輩の殺害方法を推理できたはずという確固たる自信はありますけれど――といったところで証明終了です、串中くん。よければ感想でも聞かせてくれませんか？　私のことを称賛したいなら何も遠慮することはないのですよ。

　病院坂迷路先輩は、そんな表情をした。

「……………」

　しかし感想と言われてもな。

　そんな矢継早に推理を披露されても……。

「すいません、よくわかりませんでした」

　ぼくは正直なところを言った。

　病院坂先輩は露骨にがっかりした表情を浮かべ、仕方がないですねえとばかりに、学ランの胸ポケットから一枚の紙片を取り出した。

　どうやらあらかじめ準備しておいたものらしい。

　今の推理が手描きのイラストで表現されていた。

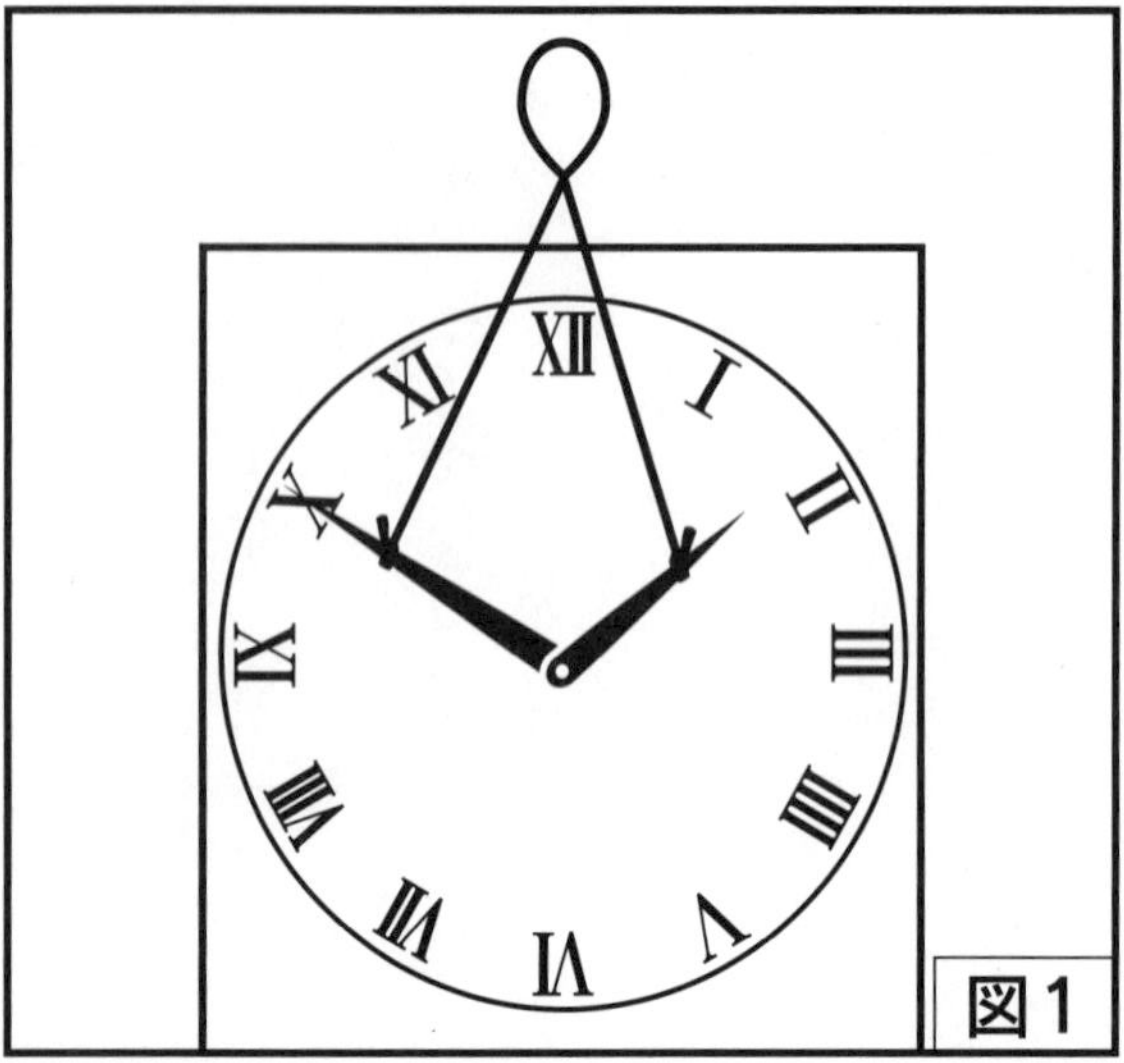

図1

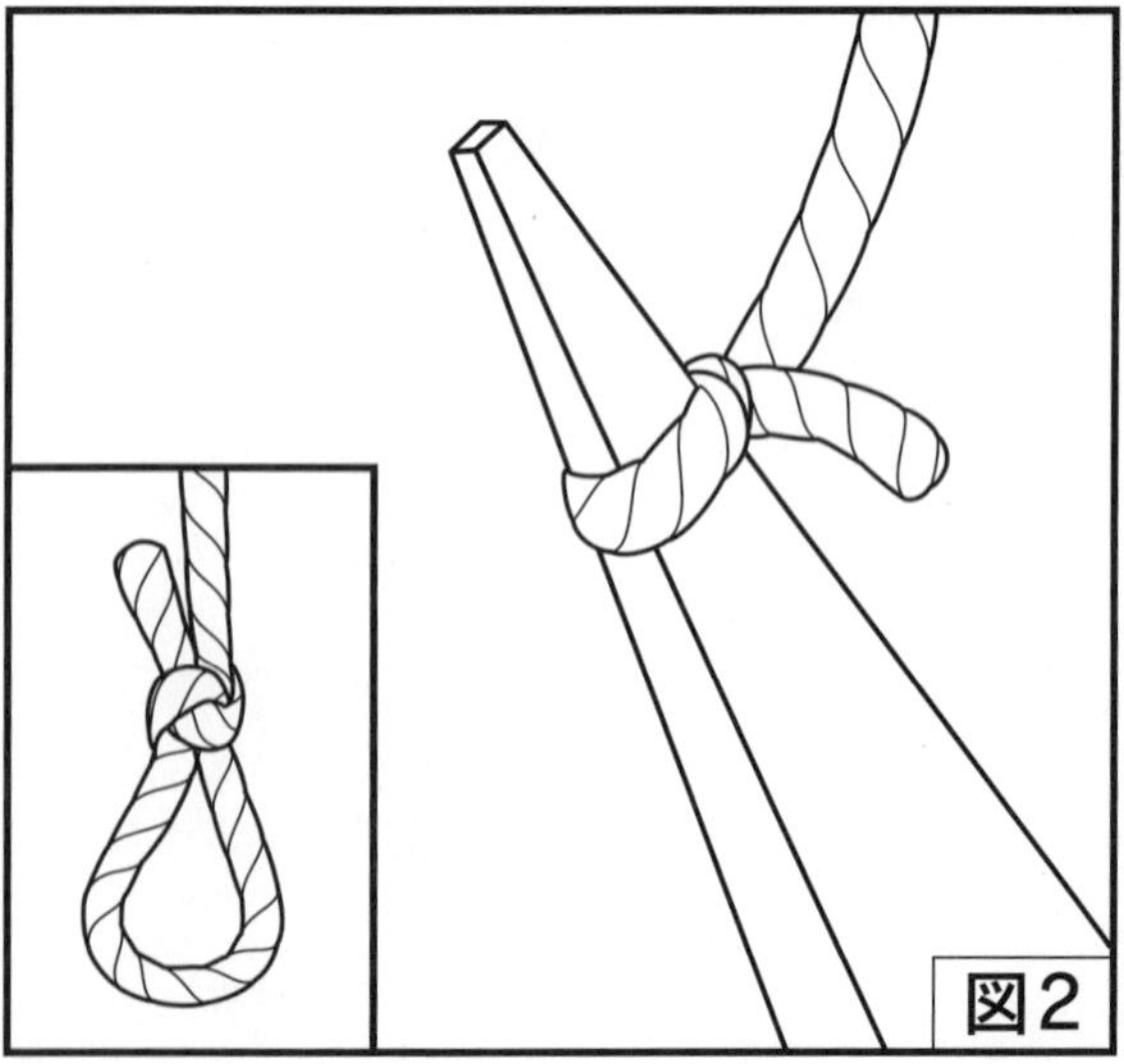
図2

「わかりやすっ！」

思わず突っ込みのような反応をしてしまった。

しかし、これは本当にわかりやすい……。

「いや、病院坂先輩……『よくわかりませんでした』から一瞬で『よくわかりました』になりましたけれど、最初からこれを見せてくれたら、わざわざこんな場所まで（鍵を壊してまで）やってくる必要はなかったんじゃありませんか……？」

個人的な好みを言わせてもらえればミステリー小説に図版を挿入するのは邪道なのですよ、と言いたげに、病院坂先輩は本当に嫌そうな眼差しで、遠くを眺めるようにした。

「そうなんですか？」

一目でわかっちゃってなんだかずるいじゃありませんか。ビジュアルで説明すればすむのなら、小説である必要はありません——というような表情で、病院坂先輩は門外漢にはいまいちぴんと来ない謎のこだわりを見せた。

まさしくミステリーだ。

まあいいや。

ぼくは病院坂先輩が書いたと思しき（知らなかったが、意外と絵心のある人のようだ）そのイラストをためつすがめつし、自分の理解を深くする。

なるほどねえ……。

結果的には失敗しているし、その失敗からこうして病院坂先輩に真相を看破されている以上、犯人を褒めようという気はあまり起こらないけれど、しかし大時計の分針が停まっている程度のことから、よくこんなことを考えるよなあ……。

ぼくが感心しちゃいけないんだろうけれど。

「時計の針を利用して首を絞めようなんて、すごいこと考える奴がいるものですね」

と、とりあえずぼくは思った気持ちをそのまま病院坂先輩に向かって言ったが、病院坂先輩はしかし、馬鹿なことですよ、というような、にべもない、つれない嘲笑をぼくに返した。

人間ひとりを殺すのに対し、労力を明らかにかけ過ぎています――劇場型の犯罪というのにもあまりにもやり過ぎです、何の意味もありません。

　続けて病院坂先輩はそんな表情を浮かべた。

「え……でも、その労力をかけたお陰で、アリバイ工作ができたんでしょう？」

　そんなのは細かいことですよ――そうでなくとももっと他に方法があったでしょう。思いつき、そしてありあわせの犯罪と私は表現しましたけれど、まさにその通りなのです。この犯罪の裏にはね、串中くん――思いついたからやっちゃったという、そんな幼児性が臭っています。かつてミステリー小説界を席巻《せっけん》したプロファイリングという技術を使わせてもらうなら、こんなことをするような犯人はおそらく――中学生か、早熟な小学生という感じでしょうね。

　病院坂先輩は、目の動きだけでそう言い表す。

「中学生……」

　まさに、だな。

　崖村先輩……ろり先輩……ふや子さん。

　それに病院坂先輩から見れば、ぼくこと串中弔士。

　学年の違いはあれど、みんな中学生だ。

　そうか――考えてみたら、首を絞めるのが重労働だとか、突き落とすのが重労働だとか言って、犯人がこの犯罪に費やした労力が重労働でなくてなんだろう。

　それができるのは――保身の気持ちよりもむしろ、愉快犯としてのそれだろう。

「小学生ってのはないでしょうね……容疑者の中にいないという以前に、そもそも時計塔の屋上どころか、学校の構内にさえ入ってこられないでしょう」

　そういうことですよ。

　そんな風に、病院坂先輩は頷く。

　物理トリックを使用したミステリー小説が浴びる批判としては、さっき私が言ったように『そこまでするか？』というものが主なのですよ。なんでたかだか人を殺すためにそこまでするんだよ――です。基本的に、スマートじゃない大雑把なトリックが多いですからね。人一人殺すために大掛かりな装置を用意したり――今回の場合は時計塔――大金を投じたり、そこまでするなら殺し屋でも雇えばいいのに、というわけです。ただ、しかし――だからこそダイナミックで魅力的だとも言えます。特に、中学生あたりの好みからすれば、ですね。思いついたら――やっちゃいますよ。

病院坂先輩がここで漏らした笑みは、そんな意味を含んだような忍び笑いだった。

まあ、確かに……幼児性というか幼稚性というか、なんだか素朴だよな。

そのまんま――だ。

不気味なほどに素朴な、好奇心による犯罪である。

こんなことは頭の中で想像して済ませるべきだ。

現実に創造して意味のある犯罪ではない。

「……でも、病院坂先輩。こんなイラストをあらかじめ用意していたということは、ぼくの話を聞くまでもなく、病院坂先輩にはだいたいの真相が読めていたということでしょう？　ぼくがさっき音楽室で喋った情報なんてあくまでも病院坂先輩の推理を裏打ちするだけのものでしかないじゃないですか」

だから言ったでしょう？

病院坂先輩はそんな表情をするが、しかし考えてみれば彼女は何も言っていない。まあ、そんな細かいところに今更突っ込んでも仕方ないが。

犯行の方法の推測は立っても、犯人の推測はまるで立っていないのですよ。その先を限定するのは難しいとは思いませんか？　私の立場、私の立ち位置からすれば――ね。

そんな風に言わんばかりの、病院坂先輩の面持ちだった。

「……まあ、そうですね――今の話だけを聞けば、誰でもできる犯罪ということになりますしね」

これは、犯行の方法から容疑者を特定できるタイプのトリックではないのだ。時計塔の屋上に出られることさえわかっていれば——誰にでも可能な犯罪だ。

時計塔の分針が停まっていることは、誰が見ても一目瞭然なのだから。

「けど、病院坂先輩……そちらの意味でもぼくはあまり役に立ててませんよね」

容疑者を数人に絞ることはできた。

時計塔の屋上に出られる人物が限られていること——UFO研の人間と、あとはぼくとふや子さんくらいしか、めぼしい者はいないこと。

それはわかった。

しかし、極端な話をすれば、数人に絞った容疑者以外の者でも、別のルートからそれを知っていれば、時計塔のトリックは使いうる。

だから——重要なのは動機だ。

動機から犯人を特定することになる……のか。

「それとも病院坂先輩、病院坂先輩はぼくの伝えた情報から犯人を特定できたのですか？」

いいえ、できていません。

病院坂先輩はそんな否定の意味を込めて、首を振った。

そして表情だけでこう続ける。

もちろん犯人を限定しうる推定材料にはなりましたが、串中くんの情報が決定的な特定材料になったかと言えばそんなことはありませんでした。まあ有用な情報は有用な情報でしたし、お陰でトリックのほうには私なりの確信を持てたのですから、お礼としてこうしてアカウンタビリティーを果たさせてもらったというわけです。でも——正直言って、手詰まりですね。

「手詰まりですか」

手詰まりです、という風に病院坂先輩は頷く。

そうか……、となると、犯人を特定するためにはもう少し——積極的に動かなくちゃならないということだな。

崖村牢弥——童野黒理——伽島不夜子。

この三人を——突っ突きまわす必要がある。

「……ですよね？」

ぼくが、念のために病院坂先輩にそう確認すると、病院坂先輩は、まあそうなのですけれどねえ、というような、曖昧な仕草を返してきた。

曖昧というか——消極的な。

「…………？」

疑問が態度に出てしまったのだろう、病院坂先輩は表情を作って、ぼくに曖昧な仕草の理由を説明してくれた。

つまり——静かなる人払い令、である。

そうか。

一人奇人の病院坂先輩では、ぼく以外の容疑者にコンタクトを取ることさえできないのだ。元個人生徒会の崖村先輩はひょっとしたらということがあるが——ろり先輩とふや子さんは無理だ。あの日、こぐ姉の死体が見世物になっていたとき、病院坂先輩が現れたとき——ろり先輩はちゃっかりと逃げていた。

奇人としての格が違う。

情報収集などできるわけがない。

「……だったら」

ぼくは言う。

そうするしかないだろう。

「だったら——ぼくが動けばいいんじゃないですか？　ぼくなら——崖村先輩からもろり先輩からもふや子さんからも、話を聞ける」

それはどうでしょうね——私の推理が正しければ、その三人のうちの一人は殺人犯なのです。機械に頼り、自ら手を下していないとは言っても、人を殺していることには変わりありません。

病院坂先輩はそういう表情でぼくに反論する。

なんだ、えらく弱気だな。

「怖くなんかありませんよ。こぐ姉を殺した犯人と対峙するのは、ぼくとしては望むところです」

いい心がけですが、しかし私が言っているのはそういうことじゃありません――人を殺した人間が、きみに対して正直であるはずがないということを言っているのです。適当なフェイク混じりの情報を握らされて、結果混乱してしまうのが落ちでしょう。犯人にしたって犯人じゃない残りのふたりにしたって、警察官でも何でもない私達に真相を話す義理なんてないのですから。串中くん、これは探偵ごっこであってミステリー小説ではありません――だから人間の証言はあてにならないのですよ。ましてきみは彼らとは友人同士です、信じてくれと頼まれたら信じざるを得ないんじゃありませんか？

そう問いかけるような、病院坂先輩の視線だった。

「まあ、確かにお説ごもっともですけれどね。しかし病院坂先輩――ぼくだってこれがミステリー小説ではない探偵ごっこであることは、重々承知の上ですよ。しかし、だからこそ――容疑者と直接対峙することに意味があります」

警察でも何でもない、友人同士としてのぼくだからこそ――できることがある。

「相手はミステリー小説に登場する名犯人じゃない――一介の中学生です。元個人生徒会だろうが奇人三人衆だろうが嘘を見抜ける現役生徒会役員だろうが――現実の人間であることは確かです。ならば当然――揺さぶりをかければ、ぼろを出す」

病院坂先輩は沈黙している。

それはいまいち読みづらい表情だった。

あえてぼくはそこを深読みしようとはせず、構わずに続けた。

「人間を相手にするのに論理的である必要などありませんよ――最終的に犯人を特定できればいいんですから。病院坂先輩。探偵ごっこを続けましょう――情報収集はもちろん、助手の役割です。ぼくの助手ごっこをお目にかけましょう。病院坂先輩は悠然と、存在が完璧過ぎて出番が少なくならざる得ない名探偵よろしく、音楽室で安楽椅子に腰掛けていてくださいな」

もちろん。

音楽室に安楽椅子はないのだった。

みかいけつ編

I

一週間前と同じように、ぼくはメールでふや子さんを自分達のクラス、すなわち一年A組に呼び出した。こぐ姉の事件のことで、間近に迫っていた体育祭は三学期へと延期されることになったので、生徒会の仕事には少なからず余裕があるはずだ——でなくとも、一週間学校を休んでいたぼくが（実際は惰眠をむさぼっていただけだとしても）学校に来ていて、そして来て欲しいと願えば、中学一年生にして姉御肌のふや子さんのことだ、来てくれないということはないだろう。

事実、皆が下校し、誰もいなくなっていた教室でひとり待っていたら、すぐにふや子さんは来てくれた。まさしくおっとり刀で駆けつけたという感じだった——

「串中っ……、な、か」

ドアを開けて、駆け込みながらぼくの名を呼んだ彼女は——しかし、ぼくの姿を見るや否や、引きつったような、かつ青ざめたような笑みを浮かべたのだった。

病院坂先輩とは別種の、雄弁な笑顔だった。

どうしたのだろうと思ったが、すぐに気付く。

ああ、そうか。

なんだか慣れてきちゃってすっかり意識しなくなっていたが、ぼくは今、こぐ姉の制服に身を包んでいるのだった。

「……串中」

しばらく、扉のところで腕を束ねて悩むような仕草を見せてから、ふや子さんは言った。

「今から、土下座してみようと思うんだけど」

「…………」

土下座ブーム到来？

「なんでそんな嫌がらせみたいな格好、してるわけ？　その格好を披露したくてわたしを呼び出したの？」

「いや、そういうわけじゃないんですけれどね――でも後学のために聞いてみるのもいいかもしれません。似合いますか？」

病院坂先輩は似合うと評してくれたのだが、ふや子さんはしかし、「最悪よ」と冷たく、むしろ呆れ果てたように言った。

「前々から串中のことは馬鹿だ馬鹿だと思っていたけれど、ここまでの馬鹿だとは思わなかったわ」

「こいつは手厳しいですね」

しかし一般的な反応かもしれない。

言ってくれるだけ、ふや子さんはまだぼくのことを考えてくれているのかもしれない。

と、思う。

「心配してたんだよ、これでも」

ふや子さんはドアを閉めて、ぼくの座っている机のあたりに近付いてくる。

「なのに串中は、メールの返事も適当だし、電話には出ないし――それでいざやって来たと思ったら、今度は女装？　何のつもりよ、その髪型」

「いや、これは――」

髪型は病院坂先輩の仕業なのだが。

どう説明したものか。

「もういいよ。あーあ……、なんて声かけたものかって考えてたけど……本当、馬鹿だよね。どうしようもないんだから」

ぼくのすぐ前まで来て、

「めっ」

と、ふや子さんはぼくの額をこつんと小突いた。

「うぎゃあああああああっ！」

ぼくは椅子ごと後ろに吹っ飛び、あたりの机を派手にぶちまけ倒しながら、背中から教室の床に、大の字に倒れた。

「いやいやいや！　そんな力で殴ってないし！　こ

つんってオノマトペだったじゃん！」

「ふう……ギャグ漫画じゃなきゃ死んでましたよ」

「ギャグ漫画だったの⁉︎」

驚きのふや子さん。

まあギャグ漫画かどうかはともかくとして、文字通り捨て身のギャグは効を奏したようだった。ふや子さんのほうにも緊張があったように、ぼくとしてもふや子さんと話すのには緊張があった。一週間の空白をさておいても、姉を殺されたぼくにふや子さんは（犯人でもない限り——あるいは犯人であったとしても）どうしても同情せざるを得ないだろうし、自分に対して同情を向けている相手にはこちらも気を遣ってしまって、どうにも難しい。

そんな重くなりかねなかった空気が、これで完璧になくなったと言っていい。

その後、ふたりで、ぶちまけた机を元に戻す。うちのクラスは教科書やノートを机の中に置いている生徒がほとんどなので、混ざってしまったその中身の整理にも、割と手間がかかったりした。悪ふざけの後処理ほど悲しいものはない……。

「怪我はなかったの？」

「ええ。大丈夫です。あ、膝をちょっと擦りむいたみたいですが……」

「こんなギャグで血を流してどうするのよ……」

「大丈夫です。擦りむいた分スリムになりました」

「馬鹿だ……真性の馬鹿だ……」

「神聖なる馬鹿？」

なんだかすごそうだ。

「で」

一段落ついて、ふや子さんは言う。

「何か用？　用があったからわたしのこと呼んだんだよね？」

「ええ。そうなんですよ」

ふむ——ここまではいい感じに流れは進行したが、しかしここから先が難しいな。

けれどうまくやらなければ。

音楽室で待ってくれている病院坂先輩にも申し訳が立たない。

ぼくはふや子さん——伽島不夜子をじっと見る。

ふや子さんが犯人の場合——か。

考えてみれば……それってちょっと微妙だよな。

確かにふや子さんには動機がある——それに、物理トリックとやらが幼児性を帯びているという病院坂先輩の言葉を鵜呑みにするのなら、三人のうちで一番年齢の低い、当年とって十二歳のふや子さんがもっとも怪しいということになる。

ふや子さんはまだ一年生だが、十分に体力もある。地上でこぐ姉を気絶させても、階段や梯子を登ることは不可能ではないだろう。崖村先輩は体格的に、それは十分可能だが、ろり先輩には、気絶したこぐ姉を背負って登ることはできないだろうな……。

ただ、疑うにしても揺さぶりをかけるにしても、ふや子さんを相手取るならば十二分に気をつけないとならない——彼女は嘘をすべて完璧に看破するスキルを持ち合わせているのだから。

下手な引っ掛けは通じない。

むしろできる限り正直に話して、協力者としてそばにいてもらうのが得策だ——病院坂先輩がぼくに対してそうしたように。

まあ、病院坂先輩のぼくに対する疑いというのは、もうほとんど晴れているようだけれど……。

「こぐ姉を殺した犯人を突き止めたいんです」

ぼくは言った。

率直に——変に言い回しに気を遣わず。

正直に。

「そのためにふや子さんに協力して欲しいんですが——如何でしょう」

「如何でしょうって……」

ふや子さんは戸惑ったように、言葉を区切った。

動揺を隠そうとしない態度である。

「何を言ってるのよ。あのさ、串中……いや、色々言いたいことはあるけどさ……」

「全部言ってもらって構いませんよ」

「……じゃあ、遠慮なく。犯人を突き止めるなんて、それこそ漫画じゃないんだから、ただの中学生のあんたにできるわけがないじゃない。わたしだって同じだし——協力してって頼まれても困るよ。そういうことは警察に任せておくべきなんじゃない？そりゃ、できる限りのことはしてあげたいけれど……串中の気持ちもわかるし」

「ぼくの気持ちがわかりますか？」

すかさず——ぼくはふや子さんの言葉尻をとらえた。

卑怯な話法だが——嘘ではない。

むしろ素直な気持ちだ。

「姉を殺されたぼくの気持ちが——わかりますか」

「あ、いや……」

ふや子さんは可哀想なくらいに困った表情をした。

「……ごめん。そんなつもりじゃ」

「いえ、いいんですよ——もちろん、ふや子さんの言う通りに犯人を突き止めるなんて無理かもしれません。でも、何かをせずにはいられないんです。これは姉のためというよりは——ぼくのために」

自分勝手な気持ちなんですよ、と。

ぼくはふや子さんに言う。

「お願いですからぼくのわがままに付き合ってはいただけませんか。決して軽い気持ちで言っているんじゃないです。ぼくは——」

この探偵ごっこに。

「全てをかけていると言っても過言じゃない」

「…………」

ふや子さんは、益々困ったように、目を伏せた。

しばらくそのまま黙っていたが、最終的に、

「何をすればいいの？」

と、言ってきた。

折れてくれた——のかな。

「わたしにできることなんか、あるわけ？」

「ふや子さんにはほぼ百パーセントの精度で嘘を見

抜けるスキルがあるじゃないですか。犯罪捜査においてそれほど有効なテクニックはないでしょう」

「ああ、そういうこと……」

それを聞いて、ため息をつくふや子さん。

大仰なため息だった。

「言っとくけどさ……ていうかいつも言ってることだけどさ、叔父さんならともかく、わたしのダウト能力なんて、掛け値なく宴会芸レベルなんだよ？　それに、言ってしまえば勘みたいなもんだし、何の証拠にもならないよ」

「証拠である必要はないんですよ。それに、相手にするのは中学生ですからね……ふや子さんの叔父さんみたく、知能犯を相手にするわけじゃない」

知能犯——その言葉ほど、今回の事件の犯人に相応しくない言葉はないだろう。幼稚極まりない、素朴な不完全犯罪——それを目論んだ犯人が、知能犯であるわけもない。

「中学生って……容疑者のアテがついているってこと？」

「ええ」

ぼくは頷く。

「ぶっちゃけ、崖村先輩とろり先輩です」

これは嘘じゃ——ない。

ふや子さんも容疑者の一人であることを告げていないだけで——嘘をついているわけじゃない。この言葉の裏をずばり見抜けるようなら、確かにふや子さんのダウト能力は、宴会芸を超えるのだろうけれど。

「崖村先輩と……童野先輩。なんで？」

「あのふたりが疑わしいからです」

具体的な理由は言わないほうがいい。

ただの山勘任せで言っていると思ってもらったほうがいい——むろん、嘘はつかないように気を回しながら。

時計塔の屋上に出入りできる人数が限られていることを根拠にすれば、ふや子さんは自分もそこに含まれていることにすぐに気付くだろうし、動機の面から触れたところで、恐らくそれは同じだろう。

ふや子さんはそれなりに聡い。

ならばなんとなく、客観的な証拠など何一つなく、言いがかりでものを言っていると思ってもらうのが正解だ。感情的になって取り乱している被害者遺族という立場から、あのふたり——だけ——を疑っている。そんな風に、ふや子さんには認識してもらいたい——あくまでも協力者として。

「あのふたりのどちらかが犯人である可能性は、決して低くない」

もちろん。

時計塔を殺人装置に利用したトリックについても触れない。それについて触れるのは——少なくともふや子さんに対しては、もうちょっとあとだ。

「だからあのふたりに話を聞きにいきたいんです。でも、ぼく一人じゃ、圧倒されてしまうでしょうし——」

「……でも」

ふや子さんは、ゆっくりと吟味するようにしながら、とりあえずの反論をする。

「あのふたりって、小串さんと仲良しだったんじゃないの？」

「仲がいい、というのは殺人の動機になりえます」

ぼくは病院坂先輩に言ったのと同じことを、ふや子さんに言った。

「少し歯車が狂えば——それでおしまいですからね。三年の奇人三人衆という間柄——その連帯感が逆向きに作用したとき、むしろ普段仲がいい分、反動という現象が起こるかもしれない」

「……小串さんは」

ふや子さんは言う。

その言葉の速度から、ぼくを傷つけないように言葉を選んでいるのがわかった。

「あの人、ぽやっとしているようでいて、すごく支配的だったからね——」

「天然で支配的なんですよ」

ぼくは、そういう点でふや子さんが配慮せずに済むように、あえてはっきりと言った。これは以前、崖村先輩と話したことでもある。

「奇人三人衆のことに限らず、対人関係においていつの間にかちゃっかりとアドバンテージのある立場にいた——だからこそ奇人に選ばれたんでしょうけどね。避けられるのも道理です」

死んでしまった今だからこそ、より明確にわかる。

崖村先輩やろり先輩、あるいは病院坂先輩とは違う観点からではあるが——こぐ姉は立派に、異端だったのだと。

「……そっか」

「ええ。まあ、そんなわけです。友人としてどうか協力していただけませんか、枝毛女さん」

「いきなり酷い悪口を言われた!」

ポニーテールの先っぽではたかれた。

枝毛など一本もないというアピールだったのかもしれないが、髪フェチではないぼくには有効打撃だったとは言いがたい。

「いいじゃないですか、協力してくださいよ。こないだ、機動戦士ガンダムのＤＶＤを貸してあげた恩を忘れたんですか?」

「ガンダム? ……ああ、あの白いロボのこと?」

「ぎゃーっ!」

傷つけられた!

恩を仇で返された!

「……もう、わかったわよ」

そしてふや子さんは言った。

「なんか、今の串中をひとりにしておくの、危険そうだし——崖村先輩や童野先輩を相手にするんだとしたら、尚更ね」

「ぼくが第二の犠牲者になるかもしれないと?」

相手取るのは金将・銀将だ。

香車のふや子さんがそう懸念しても無理はないかもしれない。

「ぼくが、殺されるかもしれない——と?」

「いや……、そこまで具体的には思ってないけれど。その代わり、ひとつだけ約束して? わたしのダウト能力は、あくまで参考程度に考えてよ。間違っても、それを絶対視して動かないで。ほぼ百パーセントの精度なんて言っても、わたしも人間だからミスはあるわ」

「ミスですか」

ミス。

計算ミス——不完全犯罪。

「わかりました。そのようにします」

「それに——無茶もしないでよ」

「ええ、金に誓って無茶はしません」

「神に誓えよ!」

「ああ、噛んじゃいましたか」

「考えうる限り最悪の噛み方だね……行くなら早く行きましょ? あのふたり、たぶん、UFO研の部室にいるはずだから」

ふや子さんはそう言った。

UFO研の部室?

「へえ……あのふたり、どうしているかと思いましたけど、あの部屋にいるんですか。ちょっと意外というか……」

「自分みたいに学校を休んでると思ってた?」

ふや子さんがそんなことを言う。

「でも、そっちのほうがまだよかったかもしれないよ。学校にこそ来ているものの、授業にも出ず、自分達の教室にも行かず、ずっと部室棟にこもっているんだから」

引きこもりよね、あれは——

ふや子さんは嘆息混じりに言う。

奇人三人衆の残りふたりがそろって引きこもり中か……あるいはふや子さんは現役生徒会として、その対応に追われているのかもしれない。あのふたり、特に崖村先輩のほうには、教師陣も口を出せないからな……。

「まあ、会いに行っても会ってくれるとは思えないけれど……天の岩戸みたいなものよ。……ん、いや、今の串中の格好なら――会ってくれるのかもね。激怒されるかもしれないけどさ」

「今のぼくの格好……ああ」

こぐ姉の格好――ってことか。

どうかな……激怒されるよりも、むしろ裏目に出そうな気がするけれど。かと言って今更着替えるつもりもない――これがこのたびのぼくのスタンスなのだから。

「まあ、ぶっつけ本番で行きましょう」

ぼくは椅子から立ち、教室の扉に向かって歩き始める。ふや子さんもすぐにぼくに並んだ。そして、「どうするつもりなの?」と訊いてきた。

「決まっているでしょう。引きこもりが相手なら、押し開くしかありませんよ。まさかドアのこちら側で宴会を開くわけにもいきません」

廊下に出て、最短距離で部室棟に向かう。

現在時刻は――午後五時ちょっと前。

いい感じの時刻と言えるだろう。

病院坂先輩は、今頃音楽室でモーツァルトでも聞いているのかな? それともフルートでも吹いているのだろうか。

「でも、串中」

ひとつだけ、とふや子さんは言ってきた。

「わたしのスキルのことだけど……前にも言ったけど、崖村先輩にはともかく、そもそも童野先輩には通じないよ。あの人は嘘しかつかないんだから」

「ええ。全部ダウトになっちゃうんでしたね」

ぼくはふや子さんの言葉に頷く。

「けれど、それについては一応の対策があります。細工は流々、仕上げをじっくりご覧《ろう》じろといったところですよ」

「ふうん……でも」

ふや子さんは尚も言う。

協力するとは言ってくれたが、やはり乗り気ではないようだ。

「仮に——あくまで仮に、あのふたりのどちらかが犯人だったとしても、串中が訊いたくらいで自白なんかしてくれないでしょう?」

「まあそりゃそうでしょう。嬉しからぬ話ですけれどね」

ぼくは平静を装っていう。

「それでもまあ、アリバイくらいは教えてくれるんじゃないですか?」

II

アリバイ工作。

それが今回、犯人、病院坂先輩が名付けたところの『時の番人』が時計塔を殺人装置に使用して目論んだことだった。こぐ姉が殺された十一月十一日の午前二時ごろ、犯人は別の場所で別のことをしていた——ならば、崖村先輩やろり先輩からアリバイを教えてもらったところで意味がない。

そう思うのが素人の浅はかさだ。

というか、ぶっちゃけぼくがそう思った。

病院坂先輩から、少なくともそれだけは聞き出してきてくださいと、言外に表情のみで頼まれたとき、そう思った。

けれど病院坂先輩はこんな表情をしたのだ。

串中くん、アリバイ工作をした以上——犯人には絶対にアリバイがあるはずなのですよ。考えてもみてください、串中くん——深夜の二時ですよ？　そんな時間にアリバイがあるほうが本来は不自然だとは思いませんか？　普通は家で寝ている時間ですよ。しかしこんな大それたことをした以上、犯人には確固たるアリバイがあるはずです——なければおかしいでしょう。ゆえに串中くん、あなたが果たすべき役割はひとつです。崖村先輩、童野先輩、それに伽島さんのアリバイを調べること。串中先輩が亡くなった十一月十一日午前二時ごろのアリバイ——その時間にアリバイのある人間が犯人です。そしてこちらはできればでよいのですが、実際の犯行時刻と思しき、十一月十日午後十一時から十一月十一日午前一時ごろのアリバイも、聞けたら聞いておいてください。

病院坂先輩らしいというか……警察や、ミステリー小説ではありえない、探偵ごっこであるがゆえの考え方だよな。アリバイがあるからこそ犯人——だなんて、よく考えてみれば牽強付会《けんきょうふかい》もいいところだ。そんなロジックで犯人を特定していいものなのかどうか、不安は残るが——しかし、その洞察力と説得力は見事なものだ。一人奇人であるがゆえに、そのアリバイ調査さえできない病院坂先輩だったが、アイディアはさすがだった。

しかし……、ふや子さんには『アリバイくらいは教えてくれるんじゃないですか？』と強がりを言ったものの、これが案外難しい。アリバイを訊くというのは、それは『わたしはあなたを疑っています』と宣告しているのと同じようなものだからな。だからふや子さんには、教室では訊けなかった——面倒なことはいっぺんに済ませたほうがいい。

そんなことを考えているうちに、UFO研の部室に到着。外側からうかがう限り、物静かな雰囲気だった。電気もついていないし、とても中に人がいるとは思えない。

ぼくはふや子さんに目配せをして、ノックしてから、

「串中です。這入ります」

と、扉を開けた。

果たして、崖村先輩とろり先輩は、部室の中にいた——何をするでもなく、ただパイプ椅子に座って。

どんよりとした空気だった。

沈殿していると言っていい。

まるでお通夜のような雰囲気だと思ったが、しかしこの場合、その比喩はあまりにも正確すぎて滑稽だった。

ふたりはぼくやふや子さんのことを見もしない。

陰気な風に、俯いたままだ。

「……………えっと」

とりあえずぼくは、電気のスイッチを入れた。

そうすることで、ようやくふたりはこちらを向いてくれた——その途端。

「小串ちゃん！」

ろり先輩がぼくに抱きついてきた。

え、なんだこの幸せ現象⁉

ぬるま湯育ちの今時の若者たるぼくは、いきなりの幸福には対応できない！

「小串ちゃん、小串ちゃん、小串ちゃん——！」

「……………」

ああ……そうか。

ろり先輩は、ぼくのことをこご姉と勘違いしているのか——そりゃ制服はこご姉のものだし、髪型も病院坂先輩によって似せられているのだろうが……、それでも、間違えられるほどそっくりに仕上がっているわけではないだろうに。

普通の精神状態ならば。

やれやれだ。

今なら本当に口説けてしまいそうだ——まったく。

「——あんたは死んだはずだぜ、会長」

崖村先輩は——椅子から立ち上がることなく、しかしろり先輩に抱きよられて動けずにいるぼくに対して、そんな風に声をかけてきた。

「死んだはずのあんたがなんでここにいる？　幽霊かなんかかよ？」

それは明らかにふざけている口調だった。

おちゃらけているというか。

少なくともろり先輩のような鬼気迫る感じはない。

「……幽霊じゃあありませんよ」

ぼくは崖村先輩に応える。

「ほら、この通り」

スカートを少しまくって、ぼくは二本の足を示す。

「ああ？　よく見えねえよ。もっと足の付け根まで見せろ！」

「ただの変態じゃないですか！」

なにが『ああ？』だ。

ぼくが女装していることを考えれば、より倒錯しているといえるやり取りだった。そんなお馬鹿な、ともすれば不謹慎極まりないやり取りによって、ようやくろり先輩は——まさにようやくだ——ぼくがこぐ姉でないことに気付いたようだった。


「あっ……」

と、それだけ呟いて——

ぼくから離れ、彼女は足早に椅子に戻る。

そしてすぐに、先ほどまでのように俯いてしまった。

そんなろり先輩の様子に、最悪、理不尽にも殴られるかもしれないと思っていただけに、内心ぼくはほっとしていた。

まあ……、ふや子さんの言う通りだったってところかな——この格好は、確かにいいように作用したらしかった。

激怒はされなかった。

しかし——まだ裏目に出ないとは限らないが。

「串中弟と——それに伽島じゃねえか」

崖村先輩は言った。

今初めてそれを認識したかのような物言いだった。

まさか、だけれど。

さっきのやり取り——本気だったんじゃないだろうな？

「んだよ、伽島——生徒会の仕事はいいのかよ？ああ、体育祭は延期になったんだっけか——かっかっか」

そういう視点で見ると——少し調子の狂った眼をしている気がしなくもない崖村先輩だった。うつろというか、ぼんやりしているというか……、無粋な表現をすれば徹夜明けみたいな、焦点の合わない目つきだった。

それでいて、なまじ普段と態度が変わらないだけに始末が悪い——なるほど、本物か。ただし、同じ本物でも——やっぱり病院坂先輩と崖村先輩とでは違うようだった。それは三人でつるんでいた奇人と、ひとりで我が道を歩んでいた奇人との違いかもしれない。

そんな崖村先輩に、ふや子さんはやや怖気づいたようだった——何事にも物怖じしないふや子さんらしくないが、しかしここでそれを責めるのは酷だろう。ふや子さんはあくまでも奇人でも何でもない一般生徒なのだから。

ここは来期奇人候補生たるぼくが、精一杯頑張らねばなるまい。

「崖村先輩——それにろり先輩。お久し振りです」

ぼくはまずは再会の挨拶から入った。

「ご無沙汰しております」

「そんなことないわ。昨日会ったところだもの」

ろり先輩がぼくの言葉に反応した。

ふや子さんに確認を取るまでもない、それは虚勢そのもののような嘘だった。

弱い自分をぼくに見せまいと——必死だ。

こぐ姉の弟たるぼくに、弱い自分を見せまいと。

「それよりも弔士くん、わたしとの約束を守ってくれたのね。嬉しいわ。お礼にあとでとっても情熱的なキスをしてあげる。今は人目があって恥ずかしいけれどね」

「…………？」

んん？

なんだろう、嘘にしても少しわかりづらいな。

約束？

そう思ったが、すぐにぼくは思い出した。

そうだ――一週間前、この部室にろり先輩を訪ねてきたとき、『またいつか』と言ったぼくに対し、ろり先輩は『そのときは是非伽島さんも連れてきてね』と言ったのだ。

つまりふや子さんをここには連れてくるなと。

まあ、憶えていたとしてもどうせ破った約束なのだろうけど、そういやそんなこともあったな……まあいいや。そもそも約束したつもりさえない。

それよりも、ろり先輩がふや子さんに苦手意識を持っているというのは、これからの展開にあたって極めて重要だった。実際はふや子さんのスキルはろり先輩には通用しがたいのだが――本人がそれに気付いていないというのは非常に都合がいい。

「とりあえず、ご愁傷様っつーべきなのかな」

ぼくがそんなことを考えながら黙っていると、崖村先輩がそう言ってきた。

「会長のこと、お悔やみ申し上げるぜって感じ？」

「……まあ」

ぼくはそんな物言いに肩を竦める。

反応に困ると言わざるを得ない。

「正直、お二方ほど悲しんでいる自信はありませんけれどね――ただ、どうにかこうにか、ようやく学校に出てこられるようになりました」

「そんなとち狂ったナリしてか？　……相変わらず偽物だな、てめーは。そうは思わないか？　童野」

「…………」

崖村先輩の振りに、ろり先輩は無言だった。

ぼくとしてはやれやれといった感じだ。

ただしこのまま、なんとなくの流れで崖村先輩に主導権を握られては困る――今日ばかりは困る。

色々と前置きを考えてはいたのだが、しかしそう言うのはすっ飛ばすことにしよう――

本題に切り込むことにする。

「あの日」

ぼくは言う。

「こぐ姉はこの部室に来たんですかね？」

「……ああ？」

崖村先輩の雰囲気が変わる——剣呑な風に。

「会長がどうしたって？　あの日ってなんだよ」

「一週間前、ぼくがここに来た日のことですよ——ぼくが帰ったあと、ぼくがここに来た日のことですよ——遺族としてね、あの日のこぐ姉の足取りが気になっちゃって——ひょっとしたらここで合宿でもして、紳士的な宇宙人でも呼んでたのかなって思っちゃいまして」

「足取りねえ？」

どうだっけな——と崖村先輩は再度、童野先輩に振った。

「あの日、会長は来たっけか？」

「覚えてないわ」

童野先輩の答はそっけない。

しかしそれは彼女の嘘だろうから——訳せば、覚えているけれど教える気はない、というところだろう。

「あっそ。だとよ。残念だったな、串中弟」

「崖村先輩も、覚えてないんですか？」

「……遠回しな言い方はやめろよ」

崖村先輩は声を低めて——静かに言った。

その言葉ににやけた風はない。

「要するに串中弟、てめーは俺らを疑っているってことだろ？」

「…………」

無回答。

ただしとぼけるつもりはない——雄弁なる回答としての、無回答だ。結局、アリバイを確認しようと思えば、こちらが疑念を抱いていることは勘付かれざるを得ないのだから。

しかしやっぱり鋭いな、この人。

今のだけで伝わっちゃうものかね？

こぐ姉の当日の足取りが知りたいなんて、ごく普通の遺族感情だろうに。

「まあ気持ちはわかるぜ、シスコンくん——警察には任せておけねえよな？　大好きなお姉ちゃんが殺されちまったってのによ——」

「ぼくからすれば、崖村先輩がここでこうしているほうが不思議ですけれどね。誰よりも先に犯人探しに乗り出しそうな人なのに——」

「乗り出さないなんて、ひょっとして俺が犯人じゃないのかってか？　……かもしれねえなあ？　だったらどうするんだ？　俺が会長を殺した犯人だったとするならよ」

「崖村先輩が犯人だなんて思ってませんよ」

ぼくは強いて冷静な——しかし敢えて挑発的な口調で、そう言った。

「犯人かもしれないと、思っているだけです」

「同じじゃねえかよ」

「違いますよ。全然違います」

「違うってんなら、何しに来たんだ？　……ああ、そういやあお前、平和な日常に飽いているとかスリルを楽しむとか何とか、言ってたよな？　とすると、今のこの状況はお前にとっちゃあ案外望むところなんじゃねえのか？　だとすると俺はお前に間違ったことを言ったのかな。ご愁傷様じゃなくて——おめでとうございますって言うべきだったかな」

日常と——非日常。

日常と異常。

なるほどね。

確かに——今の状況はぼくの望むところだ。

しかし、だからと言って——

「……まだ、囲われてるんですよね」

「あん？」

「いえ。いえ、いえ——こぐ姉の言っていたことを色々と思い出していただけですよ。日常を打破したければ恋をしろとか、そう言われてましてね——ともかく。まあ、崖村先輩がそこまで攻撃的になってくれたおかげで逆に訊きやすくなったんですけれど、どうですか？　せっかくですし、こぐ姉が殺された時間のアリバイを聞かせてはもらえませんか？」

実際、こぐ姉があの日、この部室に来たかどうかなんてのは、ぼくにとってはどうでもいいことだった——来ていようが来ていまいが、そんなことは大した問題ではない。

あの質問はただの前振りだ。

その前振りだけですべてを察した崖村先輩はやはりさすがだといわざるを得ないが——どうだろう、やっぱり一人ずつ、崖村先輩とろり先輩を分断して情報収集にあたるべきだったかな？　さっきから崖村先輩ばかりが喋って、ろり先輩がその後ろに隠れている感じだし……完全にガードされているフォーメーションだ。幼馴染をぼくから守ろうというような殊勝な気持ちが崖村先輩にあるとも思えないけれど——とは言え、意外と面倒見のいい人でもあるからな。

しかし、この部室にひきこもっているふたりを分断するのは至難の業だし、面倒なことはやっぱり一度に済ませたほうがいい。それに——崖村先輩にろり先輩、そしてふや子さんの三人……容疑者三名をこうして同じ場所に集結させて話をするというのは、悪いアイディアではないはずだ。

「アリバイ——つってもよ」

崖村先輩は言う。

「会長が殺された時間なんて知らねえよ」

「……そうですか」

実はこれ、さりげなくも細かい引っ掛けだったのだが（こぐ姉の細かい死亡推定時刻は一般には公表されていない）、うまくいかなかったようだ——本当に知らないのか、ぼくの目論見に気付いててとぼけているのかはわからないが。

あ、いやわかるんだ。

ぼくはふや子さんを横目で見る。

今の言葉が本当なのか嘘なのか——ふや子さんにはわかったはずだ。まさかここで訊くわけにもいかないから、あとで教えてもらうことになるが——

本当ならば崖村先輩は潔白。

嘘ならば崖村先輩は犯人——となるのか？

「午前二時ごろだそうですよ。だからおふたりに、その時間のアリバイを教えて欲しいんです」

「アリバイという言葉が何なのか」

ふと、ろり先輩が言った。

「わたしは完璧に知り尽くしているわ」

「…………」

訳・アリバイって何？

「えっと……日本語では現場不在証明って言って……要するに、犯行が行なわれた時間に他の場所にいたという証拠です」

「もともとはラテン語で『他の場所に』って意味だよ、童野」

崖村先輩が追加の注釈をした。

物知りだ。

「それがあると、即ち犯人ではないって証明になるのさ——しかしよ、串中弟。人にものを訊くときはまず自分から言うのが礼儀ってもんだろ」

「え？　ぼくの——アリバイですか？」

「ああ。俺からすりゃあ、お前だって立派な容疑者の一人なんだ。なんで一方的に疑われなきゃなんねーんだよ」

売り言葉に買い言葉——なんというのか、崖村先輩らしい言葉だった。

そしてぼくは——その崖村先輩らしさを待っていた。もうちょっと手間がかかると考えていたが——思っていた通りのことを訊いてくれた。

ぼくは答える。

「家で寝てましたよ。それだけです。強いて言うならアリバイはないってことですね——ふや子さんはどうですか？」

ここでぼくはさりげなく——ふや子さんにアリバ

イを確認することができた。

崖村先輩の買い言葉のお陰だ。

「え？　わたし？」

ふや子さんは驚きはしたようだが、

「わたしも、家で寝てたと思うけど」

と、そう教えてくれた。

アリバイなし。

ふや子さんが疑念を抱く前に、ぼくは崖村先輩に向けて「だそうです」と、水を向ける。

「ぼく達のことは教えました——今度は崖村先輩とろり先輩が教えてくれる番でしょう」

実際のところ、こちらが教えたからそちらが教えなければならないというような理屈は成り立たないのだけれど、人間というのは社会性を持つ動物なので、基本的に物々交換の精神が本能に刻まれている。それは奇人の崖村先輩やろり先輩にしたって、例外ではないはずだ。

しかし——

「俺も同じだよ」

崖村先輩の口からは、期待していたような答は返ってこなかった。

「家で寝てた。ついでにさっきの質問に答えておいてやると、あの日はよ、どうだっけな、お前が帰ったあと、三十分くらいしてから、会長は確かにここに来たぜ。で、童野と会長と三人でだべってたが——俺と童野が先に帰ったんだ。会長をひとり残してな——合宿なんかしてねえよ。そう聞いたら、会長が死んだのは俺らのせいだって思うかい？」

「……いえ、別に——」

応えながら——ぼくは考える。

家で寝てた——つまり、アリバイなし。

なんだかんだ言いつつ、こぐ姉を殺した犯人が三人の中にいるとすれば、印象としては崖村先輩が犯人である可能性は決して低くないと思っていたんだけどな……それなのにアリバイがないだって？

じゃあ、残るはろり先輩——消去法で彼女が犯人となるのか？　消去法というのは犯人を限定する上で、ミステリー小説ではよく使われるやり方らしいけれど……、ぼくは自然、そんな視線をろり先輩に送ったが、しかし当のろり先輩は、

「……だからわたしはアリバイという言葉の意味をよくわかっているんだって」

と、的外れなことを言うのだった。

先ほどの説明では足りなかったらしい。

「ですから……、Aさんが十二月一日の正午に、北海道で殺されたとしますよね。で、その殺人事件について、Bさんという有力な容疑者がいたとします。しかしBさんはAさんが殺された十二月一日の正午、沖縄県にいたんです。これではBさんにはAさんを殺すことは、物理的に不可能でしょう？　これがアリバイがあると言われる状況です」

「頭悪い子に対するみたいな説明、どうもありがとう。感謝感激雨あられの極みよ」

嘘というよりはむしろ皮肉のような台詞を言ったあと、しかしそれでもろり先輩は納得いかないようで、不満げな顔をしている。

ぼくは説明を付け加えた。

「もちろん、ろり先輩ほどじゃないにせよ人間は嘘をつきますから、確実な証拠が必要なんですけれどね。裏づけとなる第三者の証言やら、飛行機のチケットやら……わかりましたか？」

こくん、とろり先輩は頷いた。ボディーランゲージにおいては、基本的に彼女は嘘つきではない。まるっきり正直というわけでなくとも、少なくとも一般から逸脱するレベルではないはずだ。

そしてぼくは訊く。

ろり先輩の嘘つき対策を含めた質問を。

「イエスかノーかで答えてください。ろり先輩には十一月十一日の午前二時ごろのアリバイはありますか？」

二者択一。

嘘をつくのが前提のろり先輩でも、こうすれば答

を反転させるだけで正直者となる。

どうですか、とぼくはふや子さんを見た。

「……思ったより普通の対策だったね」

ふや子さんの評価は低かった。

ショック！

まあ確かに、傍点を振るほどのアイディアではないけれど……そもそも、ろり先輩がイエスかノーかで答えてくれなかったら、それだけのことで台無しになってしまうような安易な発想だし。

あくまでろり先輩がぼくに対して、嘘つきであれ誠実に接してくれることが前提である——ただし、それについては勝算があった。

仮にろり先輩が犯人だとするならば。

自分に確固たるアリバイがあることを主張しないわけがないのだから——

「……えっと」

ろり先輩は、それでもしつこくアリバイという言葉の意味を吟味していたようだが、しかしやがて——

「イエス」

と言った。

単純なぼくは一瞬よし、と思ったが——この場合のイエスは、ノーという意味だった。つまり——ろり先輩にはアリバイはないということだ。

……あれ？

「え、あ、あの——」

「イエス」

ろり先輩は繰り返した。

「イエス、プリキュア5」

「………………」

嘘つきなろり先輩には珍しい、しかもこの場面においてはどう好意的に考えても不要と思しきギャグまで付け加えた。

どんなテンションなのだ。

「じゃ、じゃあ——ろり先輩はその日その時間、何をしていたんですか？」

「だからイエスと言っているでしょう。アリバイというのがわたしにはあるのよ。その日はBさんと一緒に沖縄県でゆいレールに乗ってシーサーを食べていたわ」

「…………」

魔除けの像であるシーサーを沖縄名物の食べ物みたいに言っているのは嘘でもギャグでもなくて本気の勘違いのような気もするが、そこを突っ込んでいるような場面ではなさそうだ。

具体的なことを訊いても仕方がない。

ろり先輩からその日の具体的な行動を聞きだすのは並大抵の労力ではないし――しかも、そんなことには何の意味もない。

ろり先輩はノーと言ったのだ。

彼女にアリバイはない。

そうだ――ろり先輩の言い方からすれば、ろり先輩はアリバイという言葉を知らないのではなくて、アリバイという概念を知らないのだ。ならば、よくよく考えてみれば、アリバイという概念を知らない以上、そもそもアリバイ工作などするわけがない。

……え？

「ちょっと……待ってください」

ふや子さんにも、崖村先輩にもろり先輩にも、ぼくは病院坂先輩の推理を話していない。時計塔を殺人装置として利用した、大掛かりかつ幼稚なトリックを看破していることを匂わせてさえいない。こればかりは崖村先輩も、まだ察していないはずだった。犯人はまだ、この犯行がうまく行っているつもりでいるはずだ――恐らくは警察だって騙しおおせているつもりでいるはずだ。控え室から鍵やロープが回収されていることさえ、知らないと思う――つまり。

ここでアリバイがあると主張しないのはおかしい。

なのに三人が三人とも――アリバイがないだと？

「…………」

「……どうしたよ？」

崖村先輩が、ただの疑問のように訊いてくる。特に裏がある雰囲気ではない、嫌味な感じもない質問だった。

「なんか期待外れって顔してっけどよ」

「いや……ちょっと、嚙み合わない感じで」

「まあ全員にアリバイがないんじゃ、容疑者を絞ることはできねえやな——」

崖村先輩はそんな風な理解を示した——確かに容疑者が絞れなかったことは残念なのだが、実際、ぼくが対面している問題は崖村先輩が言っているような問題とは真逆《まぎゃく》なのだ。

参ったな……。

これじゃあ病院坂先輩に合わせる顔がない。

容疑者全員にアリバイがないんじゃ、病院坂先輩の推理自体を根底から揺るがしかねない。

「なあ、串中弟」

崖村先輩は——不意に切り込んできた。

完全に隙を突かれた感じだった。

「お前、誰に入れ知恵されたんだ？」

「…………！」

やばっ。

見抜かれた——いや、崖村先輩のことだ、ぼくがここに来た段階で、ぼくのバックに誰かがいることくらい、見通していたのだろう。ただ、そのカードを切るタイミングを見計らっていただけだ。もちろん超能力者でもあるまいし、ぼくが殺人に使われたトリックを知っていることまではわかるわけもないが——ぼくの不自然な所作から、ただならぬものを——偽物のぼくからはあり得ないものを感じ取ったのだとしても不思議ではない。

本物なのだから。

失敗した。

金将を相手にしているということは、よくよく自覚していたはずなのに——

「入れ知恵だなんて、そんな——」

「つーか、おおよそのところ、アテはついてんだけどな。こういうときにそんな動きをみせそうな奴と来れば、この学校には一人しかいねえ――」

崖村先輩は、とぼけるぼくを無視するように、そして断定的に言った。

「――病院坂だな」

「…………」

否定するのは――簡単だけど、難しいな。

あてずっぽで言っているのは間違いないだろうが、しかし崖村先輩は個人生徒会として、後輩の病院坂迷路にはさんざんっぱら迷惑をかけられている――裏返せばそれだけの長い付き合いがあるということだ。

その勘から逃れるのは難しい。

不可能と言ってもいいだろう。

そして崖村先輩はとどめとなる台詞を言った。

「会長が死んだ日、お前、校門のところで童野と一緒になったんだろ？　そして童野と一緒に会長の死体を見た――そのとき、病院坂と随分と親しげにしていたらしいじゃないか。肩に手なんかおかれちゃってさ」

「……よくご存知で」

嘘しかつかないいろり先輩から、崖村先輩はどうやって情報を引き出しているのだろう……こればっかりは幼馴染ゆえのシンパシーかつテレパシーとしか言いようがないな。

「仰る通り。病院坂先輩の入れ知恵ですよ」

自白せざるを得なかった。

しかしそれでもぼくは動揺した風を見せるつもりはなかった――気丈さを装った。そんなことを見抜かれたからと言って痛くも痒くもないという演技である。

まあいい。

こういうと強がりのように響くかもしれないが、ぼくは最後には、病院坂先輩が探偵役であることは教えるつもりだったのだ――自分のタイミングで言えなかったのは明らかな失敗だが、しかし取り返しのつかない失点ではないはずだ。

「実は病院坂先輩とはお友達になってましてね」

「そ——そうなの？」

驚いたのはふや子さんだった。

そりゃそうだろう——ろり先輩は一週間前のことで、少しは予想していたようだけれど、ふや子さんにとってはまるっきり青天の霹靂《へきれき》だろうからな。

「このたび、犯人捜しに少し協力してもらっているということです」

「嘘つけよ。お前が病院坂に付き合わされているだけだろう？」

崖村先輩は吐き捨てるように言う。

「あいつに友達なんかいるものか」

「……酷い言われようですねえ」

病院坂先輩も。

いや、ぼくが、なのかな？

「お前も病院坂にはいじめられてんじゃねえのかい？」

「まさか。将棋を教えてもらっているだけですよ。あとはクラッシック音楽ですかね……随分とお世話になっていますよ。いくら礼を言っても言い尽くせませんね」

「しかしだからって、言われるがままにアリバイ調査はないだろうよ。俺や童野についてはともかく——伽島に対してまで」

装っていた気丈さを、さすがに保つことはできなかった。おいおい……さりげないつもりだったのに、そんなことまでお見通しなのか？

どこまで本物だ、この人。

「病院坂はともかく、お前にはどうやら友達がいるようだが——しかしその友達を疑うのは感心しねーな」

畳み掛けるように、崖村先輩は言った。

「……え？　どういうこと？」

ふや子さんはきょとんとした風にぼくに訊いた——ぼくは答えられない。嘘をついて誤魔化すことのできない相手にはそうするしかない——しかし、たとえ嘘を見抜けるスキルを持っていなかったとしても、ここで沈黙してしまえば、おのずと真実は導き出せてしまうだろう。

即ち。

ぼくが協力を乞うような振りをして、ふや子さんをしっかり容疑者扱いしていたこと——

「……ああ。そういうこと」

「ふや子さん——」

「ちょ、ごめん」

グーで殴られなかっただけましなのだろう。

腰の入った平手で、ぼくは頬を打たれた。後ろに吹っ飛ぶほどの威力ではなかったが、しかしそれでも全力で打ったことは明白だった。ぼくが何らかのリアクションを取る前に、ふや子さんは部室を飛び出して行ってしまった。

追いかけようかと思ったが——

そんな行為にはまったくもって意味がないだろうことは、説明されるまでもない。

ああ……。

前言撤回だ。

これは——取り返しのつかない失点かもしれない。

最悪の場合、崖村先輩ととろり先輩には究極の二者択一——禁断の二者択一、『あなたはこぐ姉を殺しましたか？』という質問を投げかけて、ふたりがイエスかノーかで答えたところを、ふや子さんにその真偽を見極めてもらおうと思っていたのに。

それは叶わぬ作戦となったわけだ。

ぼくは深く深くため息をついてから、

「恨みますよ、崖村先輩」

と言った。

「なんてことしてくれるんですか。ふや子さんは数少ない友達なのに」

「言ったろが。友達を疑うほうがどうかしているんだよ。てめーも馬鹿だな。病院坂なんかにいいように使われてよ——あいつは自分の快楽しか考えてねえ奴だぜ？　他人のことなんざ虫けらみたいに考えてやがる。……いや、他人のことなんざそもそも考えちゃいねえのさ」

「あれで意外と後輩思いなところもあるんですよ」

「はん。どうせお前のことだ、怖いもの見たさで近付いて行ったんだろ？　俺も色々といらんことをお前に教えちまったしな――余計なことしちまったぜ。まあ、でなくともお前みたいな偽物が病院坂みたいな本物に惹かれるだろうってことに、もうちょっと頭回してやってもよかったな」

「…………」

「しかし、お前――俺の思ってた以上の偽物だったな。本物の偽物……っつーか、人間の偽物みたいだぜ。本当にお前、この星の住人かよ？」

「酷いこと言いますね。ぼくが傷つくとでも思ってるんですか？」

「は。本気で言ってるだけさ。お前が地中海生命体だって告白されても、もう俺は驚かねえ」

「それを言うなら地球外生命体でしょう」

地中海生命体って。

それはただの魚介類だ。

「勘違いするなよな。病院坂とお友達を気取れる自分を、お前はひょっとしたら特別だと思ってるのかもしれねえが――特別な人間に取り巻けることは、特別な証でもなんでもねえ。そういうのはただの寄生虫っつーんだよ――あやかろうと思ってんじゃねえ。……まあいいさ。お前がどんな人生歩もうとお前の勝手だ。もう会長もいねえんだ――お前と俺は無関係だ」

きっぱりと、崖村先輩は言った。

それは絶交宣言だった。

中学生――らしくもない、絶交宣言だ。

「ろり先輩――」

「童野とも、だ。俺の幼馴染を気安く呼んでんじゃねえ。串中弟、童野とも、お前はもう無関係だ。お前は俺達の友達じゃねえし、俺達はお前の友達じゃねえ。無関係だ。敵対関係でさえない――俺達はお前に何の興味も持っていない。俺達にあやかれるだなんて思ってんじゃねえ――凡人」

崖村先輩は、ろり先輩には一言も喋らせず――喋ってもどうせ嘘しか言わないだろうに、それでもぼくに対して喋らせず、ぼくを睨みつけるようにして言った。

「二度と近付くんじゃねえよ。ここは俺達の場所だ。俺と童野と――そして会長のな」

III

力ずくで追い出されこそしなかったものの、実際、あれ以上居座っていたなら腕力に訴えられていてもおかしくなかっただろう。付き合いが生じる前の入学当初から、崖村先輩の武勇伝は聞いている。喧嘩で人を殺している――なんて、物騒な噂さえあるくらいだ。それはいくらなんでも眉唾にしたって、崖村先輩の場合、行動とは絶対的なイコールで暴動と結ばれる。もっぱら文化系のぼくで太刀打ちできるはずもない。

そそくさと、ぼくは部室棟をあとにした。

挨拶もそこそこに、だ。

ひょっとしたらこれが今生《こんじょう》の別れになるのかもしれないと思うと一抹どころかかなりの寂しさを憶えなくもないが、しかしまあ――これが今生の別れとなるとは、現実的には思えないのだった。

あのふたりのどちらかが犯人なのだとすれば。

いや——犯人でなくとも、か。

どちらにしても、崖村先輩とろり先輩の疑いが晴れたというわけではない——本来、アリバイがないということになれば、それは逆説的に疑いが晴れることになるはずだったのだが、三人の容疑者が三人ともアリバイがないのだとくれば、話は別だ。

他に疑いを向けるべき人間もいない。

強いて言うならぼくだが、ぼくにだってアリバイはないのだ。

……うーん。

まあ最初からわかっていたことではあるけれど、やっぱり深夜の二時なんかにアリバイを持ってる奴なんて、時計塔の殺人装置のことがなくても、逆に怪しいよな……。

ましてぼくらは中学生だ。

病院坂先輩の言う通り、人でも殺していない限り、家で寝ているのが当たり前の時刻である。まあ、八人と同時に付き合っているという噂の、ご盛んな崖村先輩ならともかく……、しかしその崖村先輩でさえ、アリバイはないのだ。

本当に根底から覆される感じだった。

いずれにせよ、病院坂先輩に要相談である。

ふや子さんを怒らせてしまったから例のスキルにも頼れず、崖村先輩やろり先輩の証言の信憑性《しんぴょうせい》というのも、ぼく基準の判断になってしまうし——

ふや子さん、帰っちゃったかな？

ひょっとしたら、あの日のろり先輩のように、ドアを出たところで待ってくれているかとも思ったのだが、そんな甘い展開はぼくを待ち受けてはいなかった。

帰ったか——あるいは生徒会の仕事に戻ったか。

まあ、どうせ明日、（ぼくがちゃんと登校したらという前提の話だが）クラスで顔を合わせることになるんだ、変にしおらしいメールを送ったりするよりは、冷却期間を置くのが正解っぽいな。

ふや子さんにも落ち着く時間は必要だろう。

もちろん、崖村先輩のご高説の通り、友達を疑うなんて誠意に欠けたことをしたのだ、平手で殴られるくらいはされても仕方がないが——しかし、だからといってこれはどうしようもないことだった。

容疑者の中にふや子さんが含まれているのは、ぼくにとってどうしようもない事実なのだ。

謝る用意はあるが、悪かったとは思えない。

そんな感じだ。

「しかし……どこで間違えちゃったのかな——病院坂先輩の推理に特にミスはなかったと思うんだけれど……」

それでも。

所詮は犯人探しの探偵ごっこだ。

犯人がミスをするよう探偵もミスをするのかもしれない——畢竟《ひっきょう》、世の中にミスをしない人間などいるわけもない。

「ぼくがトリックを看破したことを察しられたってことは絶対にないと思うんだけれど……万一そうだったにしたって、あるアリバイをないと言い張る理由にはならないよなあ——」

ぶつぶつ喋りながら（独り言は丁寧語解除）歩いているうちに、ぼくは北校舎三階、音楽室へと到着している。

病院坂先輩にどう報告したものかを考えると憂鬱だったが、しかしほっかむりをして逃げ帰るわけにもいかない。助手が約束をすっぽかしては、ストーリーが成り立たない。

崖村先輩がどう言おうと。

ぼくと病院坂先輩は、協力関係にあるのだ。

お友達なのだ。

「ただいま戻りましたー」

意を決し、ぼくはノックをして、そんな風に声をかけながら、音楽室の中に這入った——しかし音楽室の中には誰もいなかった。

病院坂先輩はいなかった。

「……あれ？」

ここで待っていてくれるよう、お願いしておいたのに——どこに行ったんだろう？　トイレかどこかだろうか——鞄があるから帰ったわけじゃなさそうだけれど……探偵のほうが約束をすっぽかすというのは、ストーリー的にはありなのかな？

ぼくは病院坂先輩の鞄をなんとなく見つつ、適当に椅子に腰掛けた。

ちなみにこぐ姉の鞄は発見されていない。

恐らく犯人が持ち去ったのだろう。

時計の針に引っ掛けて首を絞めるのに使ったロープは控え室に戻したにしろ、こぐ姉の鞄なんて処分に困るもの、たぶん犯人はまだ持っているはず——もしも犯人の部屋からでも発見されれば、決定的な証拠となるだろう。

まあ、その辺に捨てたのかもしれないけれど……けれどそっち方面からのアプローチはやはり本職、即ち警察の仕事だろう。

素人のぼくには所詮決め打ちしかない。

時間はないだろう——タイムリミットはぼくや病院坂先輩が考えている以上に迫っているはずだ。警察が犯人を突き止めるまでに真相を突き止めるというのが病院坂先輩のゲーム——

で、その病院坂先輩はどこに行ったのかな。

帰ってこないのだが。

でもまあ、メールを出すほどのことでもないだろうし、適当にCDでもかけて待っていようかとも思ったが、あるじが留守のときに部屋をいじくるのはあまり趣味ではない。

暇に任せて、ぼくは考える。

日常。

非日常。

異常。

そして——囲われた世界。

望むところ——か。

なるほど、そういう意味では今回の事件の犯人はぼくである——と言えなくはないのかもしれない。

そしてそういう視点で見れば、崖村先輩のあの態度は理解できなくもない——いや、そんな風に遠回りで迂遠な理解をするまでもないか。

崖村先輩は、やはりぼくのようなタイプが、吐き気がするほど嫌いなのだろうから。

……そうだな。

ひとつ、思いついた。

こぐ姉を気絶させたスタンガンだ。

このご時世、誰でも手に入れることができる——とは言え、それでもその入手経路は気になるところだった。しかし、それについての仮説をひとつ、見つけた——あの日、ＵＦＯ研の部室をこぐ姉が訪れ、そして最後までその部室にいたとするならば。

あの部屋には崖村先輩の危険物コレクションがある。刃物から薬品から——後ろに手が回るだろう数々のコレクションが。

その必要があるとも思えなかったのでろくに観察もしていなかったが、あのコレクションの中にスタンガンが混ざっていたとしても不思議ではない。

ならば崖村先輩はもちろんのこと、ろり先輩もふや子さんも、そのスタンガンを利用することはできるだろう。

使ったあとは元に戻しておけばいい——いや、あれだけの膨大なコレクションを崖村先輩の大雑把な性格で厳密に把握しているとも思えない、持って帰ってしまってもいいだろう。

しかし——だとすると、本当、病院坂先輩の言う通り、思いつきでありあわせな犯罪だな。

いくらなんでも素朴過ぎる。

あまりにも不気味なほどに——素朴だ。

「……ん？」

ふと、考えた。

スタンガンって……いったいどのくらいの間、人の意識を奪えるものなのだろう？

電圧によって人間がどれくらいの期間失神するか

なんて、そんなことは予想できないんじゃないのか？

仮に午後十一時にこぐ姉を気絶させたとして——殺人装置としての時計塔が作動（誤作動）する午前二時ごろまで、こぐ姉が目を覚まさないなんていう保証はないだろう？

………。

あれ？

ならばやっぱり、時計塔のトリックは使われていないのか——あれは病院坂先輩のミステリー小説好きとしての妄想なのか？

けれど——ああいう解釈でもしない限り、停まっていた時計が動き出した理由に説明はつかない。時計の進み具合もしっくりくるのだし——

そして、あの三人にはアリバイはなくとも動機はある——

と、そのとき。

音楽室のドアが開いた。

当然、病院坂先輩が戻ってきたのだと思った——しかし、開いたドアから這入ってきたのは病院坂先輩ではなく、誰あろう、ふや子さんだった。

伽島不夜子。

ぼくのクラスメイトである。

とか、今更紹介し直してみたり。

そのくらい、ぼくは驚いた。

「ふ——ふや子さん」

「……やっぱりここだった」

ふや子さんは——苦笑いのような表情だった。

そしてばつが悪そうにしつつ、

「叩いちゃって、ごめんね」

と言った。

見ればふや子さんは軽く汗をかいていた。

全力で走ってここまで来たという感じだ。

そして開口一番謝罪とは——謝らなければならないのはぼくのほうだというのに。

そうだ。

ぼくはふや子さんを疑っただけじゃない。

ふや子さんを利用しようとしたのに。

「いや——こちらこそ」

ぼくは椅子から立ち上がってから、お辞儀をするように頭を下げた。

「色々失礼いたしました」

「まあねえ」

いいんだけど、とふや子さんは言う。

「わたしも頭に血が上っちゃってね。突然のことだったし、崖村先輩の前だったからテンパっちゃってたっていうのもあってね。でも……冷静になってみれば、串中の気持ちはわかるし」

ここで——『姉を殺されたぼくの気持ちがわかりますか？』なんて繰り返すほど、ぼくも無粋な人間ではない。

ぼくの気持ちが——本当にわかっているかどうかはともかく、少なくともふや子さんはわかろうとしてくれているのだろうから。

「こうなってから言うのも言い訳っぽいですけれど、明日、謝ろうと思ってました」

「わたしもそう思ったけど。でも、早いほうがいいでしょ」

「まあ——」

そうかもしれない。

冷却期間とかそれらしいことを言って、ぼくは、問題を先送りにしただけなのかもしれない。

「叩いたとこ、大丈夫？　もう痛くない？」

「ええ。来た方向が違います」

「…………？」

ぼくの繰り出した高度な言葉遊び（レベル6）に首を傾げるふや子さん。

ちなみに正解は『鍛え方が違う』だった。

しかしふや子さんはあろうことか突っ込みを放棄し、「でも本当、串中も人が悪いよね」と、ぼくを放置したままで話を戻すのだった。

「叩いちゃったのはわたしが悪かったけど、でも串中もちゃんと反省してよね。本当、串中のくせにわたしのスキルを利用しようなんて、三週間早いんだから」

割とすぐだった。

「でもまあ、ちゃんと反省するんだったら、三歩譲って、協力してあげてもいいのよ」

割と気楽に協力してくれるみたいだった。

ともかく。

ふや子さんのスキルを貸してもらえるなら——やはり、それほどありがたいことはない。あのふたりの証言の信憑性を確かめることもできるし——それに。

「じゃあ、ふや子さん——」

「話す前に、場所変えてくれる?」

ふや子さんはぼくを遮って、言った。

「今はいないみたいだけど、わたしだって、病院坂先輩には会いたくないのよ」

「…………」

静かなる人払い令。

まあ……無茶はいえないよな。

そもそも、先にいなかったのは病院坂先輩のほうだ。ちょっとくらい席を外しても問題ないだろう。

ぼくは「わかりました」と言って、ふや子さんのほうへと歩いた。

「ったく……串中、どうやって病院坂先輩とそんな仲になったのよ」

「まあ、その辺はおいおい……」

言いながら、音楽室を出る。

「どこに行きます?」

「んー。図書室とか?」

「わかりました」

しかし図書室までを待ちきれず、ぼくは廊下を歩きながら、「早速ですけれど」と、ふや子さんに訊いた。

「あのふたり——嘘をついていませんでしたか?」

「うん」

ふや子さんは断言した。

「わたしの見る限り、真っ白け」

「………………」

「もちろん、童野先輩の言葉は反転させた上での、真っ白けってことね。崖村先輩が、小串さんの死亡推定時刻を知らないっていうのも本当。あ、だからってわたしも嘘ついてないよ。念のため」

「ええ――」

アリバイがないと嘘をつく理由なんて、ないのだから――まあ、本当は今更確認するまでもないことなのだが。

だけれど、崖村先輩がこぐ姉の死亡推定時刻を知らないというのが本当なら――崖村先輩は確実に犯人ではないということになるのだろうか？

いや、ふや子さんのスキルを証拠にしてはならない……あくまでも参考だ。禁断の二者択一をしようにも、さっきの今でＵＦＯ研には顔を出しにくいしな……。

「でもさ、串中。そもそもの話なんだけど」

ふや子さんは言う。

「串中、動機があるからあのふたりを疑ったって言ってるじゃん？　仲がいいのは殺人の動機になりうるって言ってさ――わかる、わかるよ。特に崖村先輩と童野先輩は人格的に不安定なところがあるからね――好きな人や好きなものを壊したいって思うところがあるかもしれない。けど、どうなの？　それなら串中は――どうしてわたしを疑ったの？」

「………………」

「わたしの動機って、何なのかな？」

「ふや子さんは――こぐ姉のことが不得手だったでしょう？」

ぼくは言った。

ここが果たして正直に言っていい場面なのかどうかはわからないが――しかし、もとよりふや子さんに嘘をついても意味がない。

「ふや子さんの場合は、仲がいいからではなく、仲が悪いから——ですよね。まあ殺人事件の動機としては極めて普通です」

「けど、そんなことで疑われても困っちゃうな。人間、生きていれば好き嫌いや得手不得手はどうしたって出ちゃうものでしょう？」

「でも、ふや子さんにとってはこぐ姉は、不得手なだけじゃなく、それ以上に邪魔だったんじゃないんですか？」

「じゃ——邪魔？」

「ええ。だって——」

ふや子さんにとってのこぐ姉は——崖村先輩やろり先輩にとってのぼくだから。

ふや子さんはぼくのことが好きだから。

だからこぐ姉が邪魔になる——！

「——あっ！」

そんな、受け取り方によってはただの自惚れとも言えるそんな言葉を——ぼくは口にせずに済んだ。

ふや子さんが突然、そんな風な、悲鳴にも似た大声をあげたからだ。

ぼくの話など聞いていない。

ふや子さんはただ——驚愕したような表情で、自分の口元を押さえている。

窓の外を見て。

「ど、どうしたんですか？　ふや子さん」

「い——今」

ふや子さんは、うまく舌が回らないようだった。言葉を思い通りに繋げないらしかったが、しかしそれでも懸命に、彼女は言う。

「時計塔から——誰かが飛び降りた」

「え——」

ぼくはふや子さんが見ている方向に視線をやる——窓の外、そこには時計塔が見えた。角度的に、北校舎のこの場所からでは時計塔の根元までは見えないが——

「と——飛び降りた？」

「ううん、わかんない——ひょ、ひょっとしたら突き落とされたのかも……！」

「誰が！」

ぼくは思わずふや子さんに詰め寄った。

無茶苦茶な質問だ――この距離で個人の判別などできるわけがない。しかも、もういい時間だ、あたりはかなり薄暗い――

しかしふや子さんは言った。

わかんないけど、と前置きをした上で。

「男子だったと思う――学ランだったたし――」

「…………っ！」

ぼくはそれを聞くや否や――駆け出した。

ふや子さんをその場に残し、全力で走る。

階段を一段飛ばしで降りながら――

嫌な予感がした――いや、予感以上のものだった。

学ランを着ていたから男子だと考える、ふや子さんの考え方はごくごくまっとうなものだ――そこで議論をするつもりはない。

だがしかし。

もしもそれが男子ではなく女子だったら――学ランを着た女子であったならば、それはこの学園においては、そして恐らくは全国規模で考えても、たったひとりに限定される。

即ち――病院坂迷路だ。

まさか、病院坂先輩が……どうして？

いや、そんなわけがないと思いながら――思い込みながら、ぼくは校舎を飛び出して、講堂の方向、つまり時計塔の足下へと向かう。

こぐ姉がひしゃげていた、あの場所だ。

大抵の生徒はもう下校している時間だ――こぐ姉のときのようにギャラリーはできていない。いや、それとも――静かなる人払い令はこんなときでも有効なのだろうか。

いずれにしても、ぼくの思い込みはあっさりと肯定される。

近付いて確認するまでもなかった。

その長ランは間違いなく病院坂先輩のものだった。

彼女自身のものと思しき血だまりの中に――病院坂先輩の身体は、まるで浮かんでいるかのようだった。

「病院坂先輩！」

ぼくは叫んだ。

彼女に駆け寄りながら、ぼくは時計塔を見上げる――病院坂先輩がここで自ら飛び降りる理由などあるわけもない、間違いなく、誰かに突き落とされたのだ。

だが誰に？

時計塔の時刻は――狂っていない。四時間半、きっちりと進んだままだ――殺人装置としての時計塔が作動したわけではないらしい。

ぼくはかがみこんで、病院坂先輩を抱き起こす。病院坂先輩の血がべったりと、重みをまとってぼくの手や胴にまとわりつくが、そんなことは気にならない――

「病院坂先輩！　病院坂先輩！」

果たして。

ぼくの呼びかけに病院坂先輩は――応えてくれた。まばたき程度の動きだったが、確かに応えてくれた。

生きている。

病院坂先輩は、時計塔の屋上から突き落とされながら――まだ、生きている。

「き――救急車……」

ぼくは血塗《ちまみ》れになった手で、ポケットから携帯電話を取り出す。震える手で１・１・９とボタンをプッシュしようとする――けれど、間に合うのか？

咄嗟に目を逸らしたが――見たくもなく、また見るに堪えなかったから目を逸らしてしまったが、病院坂先輩の身体は、あの日のこぐ姉と大差ない状態だ。こぐ姉は頭から落ちたらしいが、どうやら病院坂先輩は背中から落ちたようだ。だからかろうじて頭部は無事なようだが――しかし、本当にその中身まで無事なのかどうかなんてわかるはずもない。

「……くそっ」

指がもつれる。

そもそも救急車を呼ぶときの1・1・9番は、電話がまだダイヤル式だったときに、かける側が冷静になれるようにという配慮があって決まった番号らしいが——携帯電話ではそんな配慮、何の意味もなさない。

間違った番号を押してしまい、ぼくは舌打ちをして、いったんリセットする。かけ直し——

と。

そこで、ぼくは手首をぎゅっと握られた。当然なのか意外なのか、その相手は病院坂先輩だった——瀕死の病院坂先輩だった。彼女の血塗れの手が、ぼくの血塗れの手首を握っていた。

「あ——」

そして。

病院坂先輩は、ぼくにある表情を見せた。

絶え間ない苦痛に滲んでこそいたが——しかし確固たる意思を湛《たた》えた、ある表情。その一瞬の表情によって——ぼくは病院坂先輩からこの事件の真相を教えられたのだった。

IIII

その後、病院坂先輩は到着した救急車によって最寄りの病院に運ばれたが、病院に辿り着く前に事切れた。彼女の探偵ごっこは、その命と引き換えに真相を導き出したところで、幕を引いたのだった。

病院坂迷路。

彼女はゲームに勝って、人生に負けた。

/えんでいんぐ

龍王
角行

金将
歩兵
香車

Ⅰ

　そんなこんなで後日談。

　いえい。

　病院坂先輩の命日から数えておよそ一ヵ月と十日後——十二月二十七日のことだった。十二月二十七日、つまりは冬休みである。学校は囲われた世界でその外には何もないなんて言っても、そんなことはもちろん小学生の妄想で、校門を出れば通学路があり、通学路を逆に辿れば自宅に着く。自宅にはぼくとこぐ姉が一緒に使っていた部屋があり、それは今はぼくひとりの部屋だった。そして冬休み、帰宅部所属のぼくには学校へ行く必要はない。

　所詮学校なんて生活の一部分に過ぎないのだ。大部分ではあっても全部ではない。

　そういうことだった。

　冬休みの宿題、その日のノルマを早々に終わらせて（ぼくはこの手の宿題は全量を日数で割り、一日ごと均等に済ませていくタイプだ）その日の午前中、二度寝をして過ごしていると、ふと、インターホンが鳴る音が聞こえた。

　両親は共働き、中学生の冬休みなど関係なく仕事に出ている。うとうとしてきた直後だったからいっそのこと無視を決め込もうかとも思ったが、大事な郵便だったりしても困る。

　ぼくは眠い目をこすりながら階下に降りて、インターホンの受話器を取ろうとした——が、躊躇してしまった。うちのインターホンはカメラ付きで、訪問者の姿がモノクロの映像で表示されるのだ。そこに表示された人間が郵便局員でも、あるいは宅配便の配達人でもなかったから——ではない。確かにそのどちらでもなかったのだが、しかし、それ以上に——モニターに映っていた人物は、そこにいるはずのない人物だったからだ。

「…………」

しばらく逡巡していると、訪問者は再度、インターホンを押してきた。まるで、中にぼくがいることを見抜いているかのごとく。

ぼくはやむなく、左手で受話器を取った。

「はい、どちら様でしょう」

ぼくが言うと、訪問者は名乗った。

そして、その名前を聞いて――「……少々お待ちください」、そう言わざるをえなかった。

二度寝の最中だったこともある、ぼくは寝巻き姿だった――急いで着替えて、それから玄関へと向かった。

着替えた先は――もちろん、こぐ姉の制服である。こぐ姉の制服に袖を通すのは一ヵ月と十日ぶり、二回目だ。

門扉の向こう側で――彼女は待っていた。

「病院坂先輩……」

時計塔から落下して死んだはずの――病院坂迷路。

彼女は悠然と――そこで微笑んでいた。

「う――嘘だ！　病院坂先輩が生きているはずがないっ！　幽霊に決まっている！　幽霊じゃないというのなら足を見せろ！　付け根まで見せろ！」

「あはは！」

馬鹿受けした。

というか、病院坂先輩が声をあげて笑ったりするわけもない――幽霊どころか、ただの別人だった。

似ているだけだ。

それも雰囲気がなんとなく似ているだけで――細かいところでは、逆に似ていないとさえ言えるだろう。髪型も違うし、服装も違う。病院坂先輩はおかっぱだったが彼女はストレートのロングだし、長ランで男装していた病院坂先輩に対し、彼女は普通の女子用の制服を着用していた。

この辺りでは見ない制服だ。

中学生じゃなさそうだ……高校生か？

「えっと……あなたは――」

「やあやあ驚かせてすまなかったね、と言っても驚かすつもりで事前にアポイントメントも入れずにやってきたのだからこんな風に謝ってもいまいち白々しい感じかな？　これは僕の性格でね、自分でも制御がきかなくてちょっと困ってるくらいなんだ。僕じゃなくて僕の前世での行いが悪かったからだと思うんだけれど、寛大な心で勘弁してくれたら嬉しいよ。ところできみのことは前々から聞いていたよ串中弔士くん――可愛らしい服装だね。お姉さんの制服かい？　まあそれはともかく串中くん、ご両親は在宅かな？　いや、中学生のきみが対応に出てきたところを見ると、今はきみひとりという感じだね。いかにも両親共働きと言った感じの一軒家だし――いやいや、それはともかくとは言ったものの、それにしても女装が似合うんだねえ、びっくりしたよ。そんな可愛らしさを見せつけられちゃ話を戻さざるを得ない。訪れる家を間違えたかと思ったさ。がさつな僕なんかよりも全然女の子らしいじゃないか――おっと女の子らしいという言葉はご時世的に男尊女卑になっちゃうのかな？　女の子の僕が言う分にはいいのかな、難しいところだね。そう言えば男尊女卑って『ダン・ソゥ・ジョウ・ヒィ』と発音すれば微妙に外国語っぽいよね？　ああ、関係のない話だった――悪いね、僕は関係のない話をするのが大好きなんだ。そんなわけで僕の名前は病院坂黒猫《くろねこ》。よろしくね」

「…………」

今の、ひょっとして自己紹介だったのか？

立て板に水で、えらい勢いでまくしたててくれたけど……。

しかし、病院坂黒猫。

さきほど、インターホンを通じてのやり取りでは苗字しか名乗らなかった彼女だけれど、そんな風にフルネームで名乗ってもらえば、それは憶えのある名前だった。

病院坂先輩から一度だけ聞いたことがある。

病院坂黒猫。

それは、病院坂先輩がよく話題に上げていた――あの『従姉どの』の名前だ。

「病院坂黒猫。十八歳の女子高生だ。親しみを込めてくろね子さんと呼んでくれたら、それだけで僕はハッピーになれる。チャームポイントはちっちゃな身長に反比例したおっきなおっぱいだけれど、残念ながらこの魅力は中学一年生にはまだわからないだろうな」

言いながら、病院坂黒猫――くろね子さんは、勝手に門扉を開けて、勝手に敷地内に這入ってきた。この人、女の子なのに一人称が僕だ、なんて思っているうちに、すぐに彼女はぼくの目前にまでやってきた。

雰囲気は似ているが、やはり細部が違う。

なんだこの、さりげない図々しさ……。

だがしかし、近くで見れば、益々病院坂先輩を想起させる、そんな雰囲気のある人だった――従姉妹同士ってここまで似るものなのか？　十八歳とのことだったが、病院坂先輩がもしも殺されることなく生きていて――五年が経過していたら、ちょうどこんな感じになっていたのではないだろうか。

いや――なりたくない、と。

そう言っていたのだっけ。

「聞いていた、とは――やっぱり」

ぼくは、距離が近くなったくろね子さんに質問する。

「それってやっぱり、病院坂先輩……迷路さんから聞いていたということですか？」

「まあね。迷路ちゃんとは仲のいい従姉妹同士だったからね――あはは。いやあ、それにしても寒いねえ。立ち話をするのはちょっとつらいくらいに寒いねえ。それに僕はこの辺の人間じゃなくてね、結構な遠出をしてここまで来たんだ。立ち話はつらいねえ。迷路ちゃんとは違って僕は体力が全然ないんだよ」

「…………」

家の中に入れろと言っているのだろうか。

逆に感心するほどの図々しさだ……初対面なのにそこまで要求してくるか。どんな人生を送ってきているのだろう。

病院坂先輩の話では、確かくろね子さんは人間恐怖症とのことだったが……どこがだ。

こんなフレンドリーな人、見たことないぞ。

気さくさだけでは崖村先輩を越える。

「……よろしければ、中へどうぞ。粗茶くらいは出せますが」

「いいのかい？　いやあ催促したみたいで悪いねえ」

と、口ではそんなことを言いながら、くろね子さんは自分で玄関を開けて、そそくさと家の中に這入っていった。

やり手のセールスマンもかくやという感じだ。

ぼくはあとを追って、中に入る。

ん……？　けどこの人、どうして冬休みなのに制服姿なのだろう？　いや、ぼくも今はこぐ姉のセーラー服を着てはいるのだけれど。

「えっと……二階の、階段あがってすぐの部屋で待っていてもらえますか。お茶、持って行きますから。二段ベッドのある部屋です。ドアが開けっ放しになってるからすぐわかると思います」

「お構いなく――と言いたいところだけれど、僕は構ってもらうのが大好きさ」

そんな風におどけながら、ぼくの指示通りに階段を昇っていくくろね子さん。

本当に猫みたいな人だな……。

猫目だし。

しかし、それにしては階段を昇るペースはちょっと遅めだ。疲れている、あるいは体力がないという言は本当なのかもしれないと、そんな動きをみて思った。

しかし、病院坂黒猫か……あの『従姉どの』、いったい何をしにぼくの家に来たのだろう？　彼女が病院坂先輩とは対照的なまでによく喋るので、なんとなく押し切られてしまったが、考えてみれば彼女はまだ用件のよの字さえも言っていない。それでいて家の中にまで這入ってきているというのは本当にすごいな……。

　まあ、とはいえ、予想がつかなくはない。

　ほとぼりが冷めるのを待っていたのかもしれないが、きっと彼女は——冬休みになるのを待っていたのだろう。

　この辺の人間じゃないらしいしな。

　病院坂先輩からの話と照らし合わせて考えても、遠出というのは本当なのだろう。

　そしてどうして時間をかけてこんなところまで来たのかと言えば——もちろん、事件の話をぼくから聞くために来たのだろう。

　先月、上総園学園を襲った連続殺人事件。

　一人目の被害者——串中小串。

　二人目の被害者——病院坂迷路。

　そして三人目の被害者——伽島不夜子。

「……仲の好かった従妹の死の真相を聞きに来たって感じなのかな——いや、どうだろう。病院坂先輩の言葉を信じるなら、確か探偵ごっこの元祖は——」

　病院坂先輩は、彼女を真似て——犯人探しの探偵ごっこに乗り出したはずなのだ。

　そしてその結果——命を落とした。

「…………」

　考えても結論など出るわけもない。

　しているうちにお湯が沸いてしまい、ぼくはお茶を淹れて盆に載せ、こぼさないように気をつけながら階段を昇り、自分の部屋へと帰った。

　くろね子さんは回転椅子に座って、勉強机に向かっていた。

　うーむ……いいなあ。

　制服の女子高生が部屋にいる生活。

　場違いにもぼくはそんなことを思った。

「これは冬休みの宿題かい？」

くろね子さんは、椅子を回転させてこちら側を向いて、手にしていたノートをぼくに示した。勝手に机の上のものを物色していたらしい。

「なかなか勤勉なんだね」

「そうでもありませんよ。結構ずぼらでしてね——根性とか根気とかには根本的に欠けるんです」

ぼくは湯飲みを二つ載せた盆を床において、その場にあぐらをかいた。それを見てくろね子さんは回転椅子から降り、膝を折りたたむようにして、ぼくの正面に座った。残念ながら座布団などというセレブな物体はこの部屋にはないのだ。

ちなみに、くろね子さんの制服のスカートは不自然なくらいに長いので、そんな風に座っても全然際どいことにならなかった。むしろスカートで座りなれていないぼくのほうが、ちょっと危険なくらいだろう。

くろね子さんは、

「あはははは」

と、笑った。

「中学生を相手にするのは久し振りだからね——実を言うと僕は結構緊張していたんだけれど、いやいや、串中くん——あの迷路ちゃんが気を許すわけだ。なかなかどうして面白い空気をかもし出しているよ、きみは。これでも僕は男を見る目には自信があるんだ、これまで十八年の人生、色んな人間を見てきているからね。安心したまえ串中くん、きみは偽物なんかじゃない——」

「え……？」

いや——偶然か？

それとも病院坂先輩から聞いたのか……？

ぼくが偽物だということを。

「——ただまあ、それがちょっと他人には伝わりにくいって感じかな。というか、他人と距離を置くのが上手なんだろうね」

「……それとなく友好的にさりげなく排他的に、適度に親密に適当に対立する。ぼくの主義ですよ」

「見事な生き様だ。羨ましいよ」

僕は他人との距離というのが苦手でね——と、くろね子さんは言った。人の部屋にここまでずかずかと踏み込んでくる彼女らしくもない台詞だ——いや、この図々しさも、他人との距離をつかめていないからこそなのか？

人間恐怖症。

そして——それに慣れない。

慣れるつもりもない。

慣れないことに——慣れている。

「……で、本日は何の用ですか？」

ぼくはこのタイミングで訊くことにした。

くろね子さんとのトークは不思議となかなか楽しかったが、いつまでも益体《やくたい》のない雑談に付き合ってもいられない。特にこのくろね子さんは関係のない話が大好きだそうだから、付き合っているといつまでも本題に入れないだろう。


「病院坂先輩の家なら、ここは全然違う場所ですよ——確かあの人、電車通学だったはずですから」

「彼女の家にはあとで寄るつもりだよ。その前に、きみとの用件を済ませておかないとね——串中くん」

「……病院坂先輩のお葬式には、くろね子さん、いませんでしたよね？」

「学校があったものでね」

さらりと、そんなことを言うくろね子さん。

いや——忌引きと言って、普通、葬式というのは学校を休んででも行くものではないのだろうか？

そんな疑問が顔に出たのだろう。

くろね子さんは、意味ありげに笑みを浮かべて

——


「人が多いところは苦手なんだよ」

と言った。

ふうん……？

なんか、微妙な理由だけど。

それが人間恐怖症ってことか？

しかし、それでくろね子さんが冬休みなのに、しかも遠出なのに制服姿である理由がわかった——つまり喪服なのだ。

四十九日にはまだ少し早いが、この後病院坂先輩の家を訪れるのであれば、さもありなんである。

「まあ串中くんも暇じゃないだろうし、僕だってそれほど暇というわけじゃない。今日中に深夜バスに乗って地元に帰らなくちゃいけないからね。混んでなければいいんだけれど……あのね、串中くんには迷路ちゃんが殺された事件のことについて、この僕に聞かせて欲しいんだ」

「はあ——そうですか」

正面からストレートにそう頼まれれば、無下にするわけにはいかない。ちょっと長い話になると思いますけれど、と一応の断りを入れると、構わないよ、とくろね子さんは頷いた。

なんだか余裕のある笑みを浮かべていて、それは決して、従妹を偲ぶために思い出話を聞かせて欲しいという感じには受け取れない笑みだった。病院坂先輩とは違って——表情が読みづらい。

この人は何を考えているのだろう？

それを探り切れないままに、ぼくはあの忌まわしい連続殺人事件のことについて、くろね子さんに話し出した——久し振りにあの事件について想起することになった。どこまで話したものなのか、あるいはどこから話したものなのか、いまいち判別がつかず、ぼくは五月雨《さみだれ》式に結構とりとめもなく、時には横道に逸れながら、くろね子さんに向かった。病院坂先輩と違ってくろね子さんはちょっとびっくりするくらいの聞き上手だった——いや、聞き上手というより、喋らせ上手だった。明らかに喋る必要のないことまで、ぼくは喋らされてしまったような気がする。『いやあ、そのときこぐ姉とこんな馬鹿な会話をしたんですよ』みたいなことを言うと、くろね子さんはそのたびごとに大受けしてくれた。

とにかく愛想がよくてフレンドリーだ。

本当、人懐っこい猫みたいな印象である。

「ふうむ」

しかし、さすがに話が病院坂先輩の最期に及ぶに至って——くろね子さんは黙禱するように目を閉じたのだった。

「きみも僕も、その事件によって身内を失ってしまったということになるね——きみは実の姉を、僕は実の従妹を。……串中くん。まあそうは言ってもね、実のところ、僕と迷路ちゃんは、そこまでの付き合いがあったわけじゃないんだよ。仲良しというのは嘘さ。僕は親戚付き合いの薄い、不義理な人間なものでね——顔を合わせたのは、ほんの数回と言ってもいいかもしれない」

「へえ……そうなんですか？」

意外だな。

いや、意外でもないのか？

住んでる地域が違うわけだし。

そうなんだよ、とくろね子さんは頷いた。

「ただまあその数回のコンタクトでも、迷路ちゃんと僕とが似たもの同士であることは確信できた——きみもそう思うだろう？」

「まあ——そうですね」

最初、病院坂先輩の幽霊だと思ったのは、半分は本気だった。

雰囲気がとにかく激似だったのだ。

「けれどね——迷路ちゃんと僕とでは決定的に違うところがあるんだよ。それは迷路ちゃんには情報力がなく——僕には情報力があるということだ」

「情報力？」

「それがなかったから、迷路ちゃんはきみに頼ることになったのだろう？　しかし探偵——きみ達の言うところの探偵ごっこに情報力は不可欠だ」

「まあ、……そりゃそうですね。しかし、それがどうかしたんですか？」

「別に。僕は色んなことを知っているという、ただの自慢だよ。逆に言えば、それがなかったのが迷路ちゃんにとって致命的だったんだろうなと、そう思ったのさ。死んだ人間の、まして殺された人間の悪口を言うつもりは更々ないけれど、迷路ちゃんはもっと用心深くあるべきだったろうな——時計塔のトリックを見抜いたのは見事だったけれどね」

「そう思いますか？」

ちなみに、病院坂先輩には倣わず、時計塔のトリックをぼくは言葉で説明していない。最初からイラストに描いて説明した。まあ、喋らせ上手のくろね子さんなら、言葉で説明しても理解してくれたのかもしれないが。

「うん。馬鹿馬鹿しくってね。僕には全くない発想だった。思いついても恥ずかしくて口にしないだろうね」

「……くろね子さんも、昔、殺人事件にかかわったことがあると——病院坂先輩は仰ってましたけれど。そのときはどんな感じだったんですか？」

「んー。まあ、そんなに昔のことでもないんだけれどね。けどまあ、不器用な探偵行為をしてしまったとは思っているよ——実際、何かができたわけでもないしな」

「ふうん……」

あまり話したくないって感じかな？

じゃあ、突っつくのはやめておこう——今回の事件に対するくろね子さんとは違って、ぼくの身内が殺されているというわけでもない。少なくともぼくに詳細を聞く権利はないだろう。

「で、話の続きなんですけれど」

「ああ。腰を折って済まなかったね。続けてくれ」

「はい」

ぼくは仕切りを入れる。

「まあ、それで——病院坂先輩を時計塔から突き落としたのが、ふや子さんだったというわけです」

「ふむ」

病院坂先輩は頷く。

現場が学校で犯人が中学生だったのだ、報道は規制されたし、情報はほとんど公開されなかった。時計塔のトリックだって伏せられたままだ。くろね子さんがどれほどの情報網を持っているのか知らないが、さすがにその全てを把握していたわけではないのだろう。それこそ被害者遺族として、ある程度は聞いているのだろうが——

「しかし、そんなことができるのかい？　伽島さんは迷路ちゃんが時計塔から転落するのを——突き落とされるのを、きみと一緒に目撃したのだろう？　目撃者である伽島さんが犯人であるはずがないじゃないか」

「それはわかってて訊いてるって風ですね」

ぼくは苦笑する。

そういうのは嫌いじゃない。

「病院坂先輩が落下するのをふや子さんはぼくと一緒に目撃したわけじゃありませんよ。あくまでもそう証言したのはふや子さんひとりです。ぼくは見ていない——ふや子さんがそう言ったのを聞いただけです。そして、ふや子さんさえ——実際には見ていなかったんですよ。……大体、どれくらいの確率ですか？　誰も見ないような狂った時計塔から落下する瞬間の人間を目撃できる確率って——ま、こぐ姉のことがあって多少の注目は浴びたかもしれませんが、動いたところでより狂った時計になっちゃってたんですからね」

「そりゃそうだ。つまり？」

「……ふや子さんはあのとき何も見ちゃいなかった——ただ、見たと言っただけなんです。まあ、なんて偉そうに言ったところで、ぼくも一時的には騙されましたけれどね——時計塔の足元に駆けつけたら、ふや子さんの証言通りに、学生服を着た人間——病院坂先輩が倒れていたんですから」

病院坂先輩の身体は明らかに、時計塔の屋上から落下したと思しき状態だった——そこでふや子さんの証言を疑うほうがどうかしている。

しかし、違うのだ。

そこを等号で繋ぐのは間違っている。

目撃されていなくとも落下はできるし――

落下する瞬間を見ていなくとも証言はできる。

その間を結ぶ関係性は必然ではない。

いや、厳密にはふや子さんは病院坂先輩の落下を見ていなかったわけではない――自分で突き落としているのだ、それを目撃していないはずがない。

けれど。

それは、音楽室の前のあの廊下でのことではない――時計塔の屋上でのことだった。

「ぼくがそれに気付いたのは――いや、それを教えてもらったのは、病院坂先輩の今わの際の表情を見たときです。ぼくが駆けつけたときには病院坂先輩はもう喋れる状態ではありませんでしたけれど――それでも最後に、表情で教えてくれました」

すなわち。

「『私が落下したところを目撃したという人間が犯人だ』――と」

「……つまり、アリバイ工作か」

なるほどねえ、とくろね子さんは言った。

「表情によるダイイングメッセージとは、表情豊かな迷路ちゃんらしい。落下したところを見たと嘘をつくことで、突き落としたのは自分ではないと言外に主張するというわけか――当然、あとで崖村くんと童野さんにも確認は取ったんだろうね？」

「ええ。あのふたりはずっとＵＦＯ研の部室にいましたよ。三名の容疑者の中で――病院坂先輩の落下を目撃したと言い張ったのは、ふや子さんだけでした」

現実の流れは恐らくこんな感じだ。

あの日、ＵＦＯ研の部室を飛び出したふや子さんは、その足でそのまま音楽室へと向かった。病院坂先輩がそこにいることは予想できる。そしてこぐ姉に使ったのと同じスタンガンを使って病院坂先輩を気絶させ、時計塔の屋上へ運ぶ。いや、あるいはスタンガンで脅し、無理矢理同行させたのかもしれない。ともかく、いずれかの手段を使って時計塔の屋上に行き――そこで彼女を突き落とした。

　時計塔への扉の鍵は警察が回収してしまっていたが、その扉は他ならぬ病院坂先輩の手によって破壊されていたので、鍵は必要ない――壊れている扉をふや子さんも不審には思っただろうが、その時点で既に後に引けないところにまで踏み込んでいたという感じだったのだろう。まあ、鍵がなくとも時計塔に這入れたのだから、ふや子さんにとっては幸運の部類だろうか。

　そして全力で走って――そう言えば彼女はあのとき汗をかいていた――つまり先にUFO研の様子を窺ったのかもしれないが――ぼくを探して、音楽室に到着。ともかく、謝ったり謝られたりしつつ、なんとか廊下にぼくを連れ出して――そして病院坂先輩の落下を目撃した振りをする。実際の落下とは数分の時間差が生じているのだが――その嘘が嘘だと露見しない限り、ふや子さんのアリバイは成立するというわけだ。

ぼくにその嘘を見抜けるスキルはない。

　言い訳をするつもりはないが、騙されたところでむべなるかな、だろう。

「表情によるダイイングメッセージで犯人の名前――伽島不夜子――をダイレクトに伝えなかったところを見ると、脅されたのではなく不意打ちで気絶させられたのだと考えるべきだろうね。まあ、確かに人間ひとり背負って階段や梯子を登るのはしんどいけれど、やってやれないことではないさ」

「ああ、そうですね」

　そりゃ、犯人の名前を伝えるほうが早いよな。

　当たり前の話だ。

　そしてふや子さんの体力なら病院坂先輩の身体は、こぐ姉の身体を運べるように、時計塔の屋上に運ぶことはできなくもないだろう。

　それにしても、病院坂先輩が、朦朧としていたに違いない思考で、犯人が使ってくるだろうトリックをピンポイントで予測したことについては、見事と誉めそやすしかない。

きっと落下した直後にぼくが駆けつけてきたことを根拠にしたのだろう——誰かがぼくに目撃者として、自分の落下を教えたのだと、病院坂先輩は推測した。そして——そんな天文学的確率偶然の目撃があるはずないと、そう考えたのだ。

「全く——ぼくもすごい先輩を持ったものですよ」

「あはは。ご同慶のイタリアだよ」

「………………」

今の、ギャグか?

噛んだんじゃなく?

面白くないんだけど……。

考えている内に、くろね子さんは話を戻した。

「それにしても隙の多い犯罪だね——脇が甘いというべきかな。本物の目撃者がいたらそれでご破算になってしまうような——思いつきの犯罪だ」

思いつきの犯罪——それに。

「それに——ありあわせです。……ふや子さんはたぶん、こぐ姉のことで自分が疑われるなんて思ってもみなかったんでしょうね——だから崖村先輩にそう指摘されたとき、半端じゃなく動揺してしまった。その疑いを晴らさなければならないと思ってしまった——そのために新たな殺人を犯すことになったわけです」

「愚かしいね」

ばっさりと、くろね子さんは言った。

その通りだとは思う。

「第二の殺人の犯人でなければ第一の殺人の犯人でもないという理屈か。しかし、実際はその理屈は逆に作用してしまったわけだね——第二の殺人の犯人だからこそ第一の殺人の犯人であることが証明されてしまった。……殺す相手に迷路ちゃんを選んだのは、迷路ちゃんが探偵だったからだね?」

「ええ……病院坂先輩が絡んでいることも、崖村先輩が喋っちゃいましたからね——学外のあなたにはわからないかもしれませんが、上総園学園において病院坂迷路という名前はちょっとした脅威だったんですよ」

「わかるよ。僕も病院坂だ」

くろね子さんはそんなことを言った。

それこそ、わかったようなわからないような台詞だった。

「探偵というのはもっとも被害者になりうる可能性を孕む立場であると——迷路ちゃんはそのくらい自覚しておくべきだったろうね。決して特権的な立ち位置などではない。権力を背景にしない邪魔者など——消されて当然なのだから」

「……やられる前にやれ、ですか。幼稚ですね」

「素朴なんだろう？」

しかし、とくろね子さんは首を傾げる。

思いのほか胸を打つ、可愛らしい仕草だった。

「説明がそれだけでは疑問が残るな。伽島さんには、第一の殺人において、動機はあれどアリバイはなかったのだろう？　時計塔が殺人装置として利用されることによって、アリバイがあるからこそ容疑が濃くなりアリバイがないことによって容疑が晴れるという、そういう逆転の構造には、僕もさすがに感心させられた。しかしそこでアリバイがないことによって、伽島さんの容疑は晴れたはずじゃなかったのかい？」

「ああ、そのことなんですけどね……」

この先はちょっと言いづらかった。病院坂先輩の推理の間違いを指摘することにもなるからだ。しかし、だからといって黙っているわけにもいかないだろうな。

ぼくは意を決して、言った。

「時計塔を殺人装置に利用したところまでは病院坂先輩の推理通りだったんですけれど、それって別に、アリバイ工作のためじゃなかったんですよ」

「……え？」

驚いた風のくろね子さん。

「どういう意味だい？」

「どういう意味と言いますか……説明の難しいところなんですが、そもそもふや子さん、アリバイという言葉を知らなかったみたいなんですね」

ろり先輩と同じく。

言葉としてだけじゃなく、概念として。

現場不在証明という概念を知らなかったのだ。

あのとき、UFO研の部室でも——ふや子さんはそのことについて、何のコメントもしていなかった。あの場でアリバイという言葉を知っていたのは、何のことはない、ぼくと崖村先輩だけだったのだ。

ろり先輩がしつこく説明を求めてきたときにふや子さんの様子を窺っていればそれを察することもできただろうに、まったくぼくは迂闊だった。

ふや子さんの叔父さんは警察官だが——だからと言って、専門用語の教えを受けているという理屈にはならなかったのだ。

「考えてみれば、ミステリー小説ファンの傲慢って言いますかね。誰もがミステリー用語を知っているわけじゃないんです——アリバイ、密室、物理トリック、入れ替わり。そんな言葉は普通使わないし、知りもしない。それを失念していました。アリバイという概念を知らない以上、そもそもアリバイ工作をするわけなどない——」

「じゃあ——時計塔のトリックは何だったんだい？アリバイ工作でないのなら、伽島さんはいったい何のためにそんな大掛かりな真似をしたということになる？」

ぼくは言った。

「もっと原始的で、利己的な理由ですよ」

「手を汚したくなかったし——手を下したくなかったんです。それだけのことですよ」

ナイフを使うと返り血で汚れるから。

首を絞めるとしんどいから。

じかに人を殺したくないから。

その程度の理由だ。

「あとは——やっぱり、思いついちゃったからでしょうね。子供っぽい犯罪ですよ。病院坂先輩の言うところの、中学レベルって奴ですね――」

ただ、あのときのUFO研での会話でふや子さんはアリバイという概念を理解した。だからこそ――第二の殺人においては、アリバイ工作がなされたのである。

まあ、第二の殺人にしたって、単純で明快で、くろね子さんの言うように脇が甘く、決して上手なアリバイ工作とは言えないけれど……。

それも――

やっぱり、思いついちゃったんだろうな。

「実際は、こぐ姉を殺したときふや子さんはアリバイ工作なんかせず――どころか、ずっと犯行現場である時計塔の屋上にいたそうなんですよ。何時間も、何時間も――こぐ姉が意識を取り戻しそうになるたびにスタンガンを押しつけて」

ぼくが抱いた疑問――スタンガンでどのくらい気絶しているものなのかという疑問に対する答がそれだった。

ふや子さんはずっと見張っていたのだ。

律儀にも、自分の考えた時計塔のトリックがうまく作動するかどうか――見守っていた。

「……まあ、だから、計算ミスってほどじゃなかったんですよ。絞殺するつもりが落下死になってしまったことは――計算ミスじゃなかった。だって、そもそも計算なんてしてなかったんですから。自分の手を汚さずに済めばそれでよかったんです――首が絞まり切る前に、こぐ姉の身体が時針に引きずられて屋上から落下することになりそうだとわかっても、『別にいいか』みたいな調子だったんでしょうね。どちらにしても、こぐ姉が死ぬことには変わりないんですから」

トリック発動後、こぐ姉の死体を時計塔から移動させるつもりがあったかどうかも怪しい。アリバイ工作をするつもりがないのだったら、死体の移動などは無意味なことだろう。ただ、こぐ姉と一緒に落下したロープは病院坂先輩の言った通り、控え室に戻したらしいので（そして警察に回収されたらしい）、一応、殺害方法を隠そうというつもりはあったようだ。

いや。

単に、使ったものは元の場所に戻すこと、という、優等生らしい几帳面さの発露なのかもしれない。

「そんな伽島さんも、第二の殺人においては自ら手を下さざるを得なかったわけか――まあ、時間は狂っているとは言え、時計は動いているからね。時計塔のトリックは分針が停まっているからこそ実現しうるトリックだったわけだし――手をくださなくても済む別のトリックを考えているだけの余裕もなかったか。まあ、そうそう思いつくものでもないよね。……しかし、串中くん。きみは今当たり前のように語ったけれど、そのあたりの事情は犯人しか知りえないことじゃないのかい？　どうして串中くんは犯行の夜のふや子さんの行動を把握しているのかな――」

「……崖村先輩から聞いたんですよ」

くろね子さんの当然の質問に、ぼくは答える。

「ふや子さんを殺した――崖村先輩から」

それが――第三の事件だった。

病院坂先輩の死の、すぐ翌日のことである。

崖村先輩は、トリックも使わなければアリバイ工作もしなかった――ただ単純に、暴力的にふや子さんを殺した。

具体的な描写はしたくない。

こぐ姉の死体ばりに、それはえぐい現実だったとしか言いようがない――ともかく。

「動機はもちろん、こぐ姉を殺されたことに対する復讐……。自首する前に、崖村先輩はぼくを訪ねてきてくれましてね――こぐ姉の弟たるぼくには言っておくべきだと思ったのでしょう、そんな話を教えてくれました。まあ、殺す直前に聞き出したんでしようね――」

「それが第三の事件――か。いや、犯人が切り替わっているから、改めて第一の事件というべきなのかもしれないがね」

「ええ」

参考までに付け加えると、もちろん警察はふや子さんに目をつけていたらしい。死後の調査で、ふや子さんの家の彼女の部屋からは、こぐ姉の鞄やらスタンガンやら、証拠となるあれこれが多量に発見された。スタンガンに関してはぼくの予想は外れ、UFO研の部室より拝借したものではなく、彼女が叔父さんから持たされていた、護身用のものだったそうだ。

そんなわけで。

一人目の被害者――串中小串。

二人目の被害者――病院坂迷路。

三人目の被害者――伽島不夜子。

串中小串と病院坂迷路を殺したのは三人目の被害者である伽島不夜子で、その伽島不夜子を殺したのは崖村牢弥――以上が先月、上総園学園を襲った連続殺人事件のあらましである。

「……なるほどねえ」

くろね子さんは、そこで柔軟体操をするように上半身をぐいっと前へ倒した。身体は柔らかいようだが、しかしなんだか胸が邪魔そうだ。その体勢のまま、くろね子さんは、

「まあ、話を聞いている分には、ちょっと迷路ちゃんにはまだ荷が重い感じだったかな」

とひとりごちるように言った。

「見どころのある子だったのに――残念だ」

「思い出話が嫌いでなければ――病院坂先輩のこと、もっとお話ししますけれど」

「ああ――ありがとう。その気遣い、嬉しく思うよ。そうだね、僕はあの子が普段、どのように過ごしていたのか――知るべきなのかもしれないね。いや、むしろ知るべきではないのか……難しいところ

だな。ああ、でも串中くん——もうひとつだけ、教えてくれるかい？　おかげさまで事件についておおよそのところは理解できたけれど、それでもまだ、ひとつだけわからないことがあるんだよ」

「わからないこと？　なんですか？　ぼくに答えられることなら、何なりと訊いてください」

「きみにしか答えられないことさ、串中くん」

くろね子さんは言った。

「そもそも、どうしてきみは、お姉さんを殺そうと思ったんだい？」

II

病院坂先輩が音楽室でぼくと一緒に将棋をするために家から持ってきてくれた将棋盤——それは今、ぼくの部屋にあった。本来ならば病院坂先輩のご両親の許可を取らなければいけなかったのだろうが、娘を失ったばかりの人達をそんな細かいことでわずらわせたくなかったので、勝手に音楽室から持って帰ってきてしまった。

病院坂先輩の形見、とは言わないまでも。

思い出の品が欲しかったからだ。

そして今、その思い出の将棋盤をぼくは勉強机の引き出しから取り出して、病院坂先輩の従姉である病院坂黒猫——くろね子さんとの間に置き、振り駒を終えてから、ぱちぱちと一枚ずつ、駒を並べていた。

当然、ぼくが玉でくろね子さんが王。

ただし先手はぼくだった。

「アリバイの意味くらいは知っていても、ぼくもあんまりミステリー小説に詳しいわけじゃありませんからね……こういうときの作法ってよくわからないんですけれど」

初手を指しながら、言う。

当然、７六歩。

「まあ一応、とぼけてみたりするもんなんですか？」

「さあね。最近は潔い——悪びれない犯人というのがはやっているようだけど」

ぱちん、とすぐに指し返してくるくろね子さん。

「とりあえず、『何か証拠でもあるんですか？』なんて、お決まりの台詞を言ってみるのもいいかもしれないね」

「ではそのように」

ぼくも対応する。

というより、序盤戦は苦手だ。

「何か証拠でもあるんですか？」

「ないよ」

「……どんな探偵ですか」

それでは拍子抜けだ。

肩透かしと言ってもいいかもしれない。

「ないけどね。それでも、やっぱり不自然過ぎるんだよね——みんな、あまりにも簡単に人を殺し過ぎている。これがミステリー小説だったらわかるんだ……ミステリー小説というのは、人が死ぬ、被害者が殺される、犯人が殺す——殺人事件が起こることが前提なのだから、そこは呑み込まざるを得ない。でもね、串中くん——現実においては人はそう簡単に人を殺さない。事故であれ故意であれ——人は人を殺さないんだ、串中くん」

「…………」

ぱちん、ぱちん、ぱちん、と。

あっけないほど簡単に局面は進む。

病院坂先輩とはだいぶん指し筋が違うが——それでも、やっぱり相当強いな。

と言うより、ぼくが弱いのだが。

「伽島さんにせよ崖村くんにせよ、それなのにあまりにもあっけなく一線を越えている。こうなると、誰かしらのコントロールがあったんじゃないかと思うのが当然の理じゃないかな」

「理――ですか」

「そこで考えさせてもらうと、きみと迷路ちゃんが考えたところの容疑者三名――崖村牢弥くん、童野黒理さん、伽島不夜子さんのことだが、きみ達がどうしてその三人を疑ったのかと言えば、物理的に彼らが時計塔の屋上に出入りできる者だったからと言う他にも、彼らに串中小串さんを殺す動機があったからという理由があるのだったね。けれどその動機は――そもそもきみが与えたものじゃないのかな？」

「…………」

「崖村くんと童野さんはお姉さんのことが好きだった――信奉していたと言ってもいいのかな？　ニュアンスの難しいところだけれど――しかし、うまくやっていたその三人の中に、本年度からきみという要素が含まれることにより、歯車は狂った。きみはお姉さんと崖村くんがうまくいかないように間に入って邪魔をし、童野さんには童野さんでちょっかいをかけた――仲がいいことが動機に繋がるように細工をした」

「……崖村先輩みたいな危険人物を実の姉に近付けたくないと思うのは当たり前ですし、ろり先輩は魅力的な方ですからね、惹かれるのは男子として自然なことだと思いますけれど――まあ、そうだったとして、じゃあ、ふや子さんの場合はどうなります？」

「それはきみが先ほど語った通りだ。そちらはよく聞く理由だよね」

ふや子さんにとってのこぐ姉は――

崖村先輩やろり先輩にとってのぼくだから――

ふや子さんはぼくのことが好きだから――

だからこぐ姉が邪魔になる――

「きみはこの半年間——本腰を入れ始めたのは彼女が生徒会に入りＵＦＯ研に出入りするようになった二学期になってからだろうが、伽島不夜子というキャラクターが、自分のことを好きになるように仕向けた。そういう風に——支配した。お姉さんのことを天然で支配的と称していたが、きみもなかなかのものだと僕は思っているよ——普通はそううまくいかない。仮にうまくいったとしても——もっと苦しむものだ。そう平然とはしていられない」

「平然と……ですか」

「そして、伽島さんとの間で、ことあるごとにお姉さんの話題を出して過剰なシスコンぶりをアピールし、彼女にお姉さんへの害意を抱かせる。……これで動機の一丁あがり。まあ、簡単に説明すればそんなところだが、実際はもっと並々ならぬ苦労があったろうね。日常生活、日常会話の端々で、彼らを操ろうとしたことだろう。何せ、人は人を殺さない——のだから」

次々と駒が取られていく。

どうやら指導対局をしてくれる気はないらしい。

早くもどうしたらいいのか読めなくなってきた。

まあ……精々、粘らせてもらうか。

引き際が肝心だけれど——引き際がいいのが格好いいってわけじゃない。

「操るだなんて、そんな大それたことを考えていたわけじゃありませんよ——そうそう思い通りにいくわけがない。こぐ姉だって、崖村先輩やろり先輩を支配していたけれど、コントロールできていたわけじゃありません。基本的にアンコントローラブルであることは認識しておかないと……、でもまあ、崖村先輩やろり先輩、それにふや子さんは素質がありましたからね——」

「素質？」

「キャラクター足りうる素質ですよ。まずその素質がないと、支配すらできない」

ぼくは言った。

「その意味じゃ病院坂先輩は難しかったですね。本当——いい先輩でした」

「けれど串中くん。きみは彼女に探偵役というキャラクターを与えたろう？」

「まあ、そうなんですけれど」

けれどこちらがお願いする前に、病院坂先輩は既に動いていたのだ——あれはあれでアンコントローラブルだったと言っていい。病院坂先輩で駄目なら、崖村先輩に頼もうと思っていたくらいだ。

「ともすれば犯人に狙われかねない——探偵役というキャラ設定を、迷路ちゃんに与えた」

「そして実際に狙われた——ですね」

探偵ごっこに助手ごっこ——だ。

「……ともあれ串中くん。資格者三人に、きみはそれぞれ動機を与えた——串中小串さんを殺すに足る動機を与えた。いや、それは本来全然、人を殺す動機としては足りないはずなのだけれど——本人は足りると思ってしまうだろう、そんな種類の動機を与える。下手な鉄砲も数撃ちゃあたるじゃないけれど、三人いれば誰かはその動機を実行に移す……かもしれないよね」

大駒が取られた。

これで勝負はほぼ決したようなものだ。

「しかし串中くん……危険な真似をするよね。まるでダブルスタンダードだ。崖村くんと童野さんは、本命のお姉さんじゃなくて邪魔者の串中くんを殺すかもしれなかったし——ふや子さんは邪魔者のお姉さんじゃなくて本命の串中くんを殺していたかもしれないじゃないか」

「リスクは承知ですよ。それに、相手が自分に殺意を抱く可能性があらかじめわかっていれば回避は可能です——何も知らなかったこぐ姉とは違ってね。

……けれど、くろね子さん。こうは思いませんか？　動機が与えられた程度で人を殺す人間は、そうでなくとも人を殺していたのではないかと」

「まあ、そうだね。しかし——きみは全く別の方向から全く別のアプローチをしていた……のではないかな？」

「何か証拠はあるんですか？」

「ないよ」

　くろね子さんは言う。

「けど、もうひとつ——これがミステリー小説だったならわかるんだけれど、という疑問点が、この事件にはあるんだ。なんだと思う？」

「ぼくに訊くのは反則でしょう」

「勝手なルールを作るのはよくないね——禁断の二者択一でもあるまいし。まあいいか。それはね、串中くん——分針が停まった時計塔だよ。さっき言った通りだ。時計塔を殺人装置に使用してのトリックは、分針が停まっているからこそ成立する——仮にこんな物理トリックをメインに据えた殺人事件が起こるミステリー小説を読んだなら、この僕はこう考えるだろうね。なるほど、作者はこのトリックを成立させるために分針だけが壊れた時計塔なんてものを考えたんだろうなあ——と。そう思い、許容できる。しかし、現実にこのような殺人事件が起きればこう思わざるを得ない。ちょっとご都合主義過ぎないか——」

　そんな偶然があるものか。

　もしもそんな偶然があるのなら、

「——誰かの意思が嚙んでいるのではないか」

「…………」

「ストーリーの作者であろうとした、誰かの意思がね」

　そこで思い返してみると、と、くろね子さんは言った。色々長広舌を振るいながらも、将棋を指す手はまるで緩まないし、ペースも一定だ。推理も将棋も、どちらも片手間でやる気はないようだった。

「きみがお姉さんから時計塔の屋上に出られることを教えてもらったのが、五月病になった五月ごろ——そして、時計塔の分針が動かなくなったのも事件の十一月から数えて半年前——即ち五月ごろ。この符合はちょっと気になるよね」

「……気になりますか」

「うん。伽島さんが時計塔の屋上を知った直後に事件を起こした――とか、伽島さんがアリバイという用語を知った直後にアリバイ工作の事件を起こした――とか、そんな符合と同じくらいにね。迷路ちゃんの推理が正しければ、分針の故障は針の根元に煉瓦の破片が挟まっていた程度の、物理的な理由で生じていたのだろう？　そんな故障は――屋上にさえ出られれば、人為的に起こせるよね」

「簡単じゃ――ないでしょうけれどね」

それが成功するまでには、何度も試行錯誤を繰り返し――それなりの時間をかけなければならないだろう。

経験者のぼくが言うのだから、間違いない。

「じゃあくろね子さん、ぼくは今年の五月の時点から、こんな事件を起こそうと目論んでいたというのですか？」

「いや、それはないね。どころか、伽島さんがあんなトリックを使うだなんて、きみは予想もしていなかったはずだ。時計塔を故障させたのは、単に日常生活に刺激をもたらすための――悪戯さ」

「……悪戯ですか」

「そうだ。きみに取っちゃあ、お弁当をわざと忘れるのと同じさ――手当たり次第、女の子に告白してみようとするのと同じさ。退屈な日常を打破するための手段のひとつに過ぎない。平和な日常に飽いて、スリルを求めての行為に過ぎない。恐らくきみは、同じようなことを――学園中で行なっている」

時計塔の針など、きみにとってはワンオブゼムに過ぎない――と、そう指摘するくろね子さん。

「それも、もう諦めかけていた……諦めていたワンオブゼムだったろうね。誰も見上げない時計塔の分針が停まった程度では世界は変わらない――半年経っても何も起こらなかったんだ。さしずめそんなことを思っていたろう。けれど、串中くん――そういう小さな異常……きみが起こした世界に対する革命は、十分な切っ掛けになりうる」

「日常生活に必要な刺激――ですね」

「そう。刺激だ。伽島さんにとって分針の停まった時計塔は――動機に従って動く十分な切っ掛けになった」

　さてと、とくろね子さんは言う。

　既にぼくの陣の中にはくろね子さんの駒がいくつも侵入してきていた――王手も近い。ぼくも粘ってはいるが、しかし時間の問題という感じだ。いや、時間の問題でさえないだろう――単にくろね子さんは磐石《ばんじゃく》と万全を期そうとしているだけだ。

「殺人の動機を与えた者がいる。殺人の道具立てを与えた者がいる。……このふたつがイコールで結ばれるとき、それは真犯人として指摘されるべきなのではないかな？」

「動機を与えたことはともかくとして――別にぼくは、殺人の道具に使って欲しくて、分針を停めたわけじゃありませんよ。あなたがさっき仰った通りです。それで、あの囲われた世界の、何かが変わるかもしれないと――思っただけです」

　学校という――囲われた世界。

　上総園学園の象徴たる時計塔を壊すことで。

　それが何かの革命になるのではないかと――思った。

　日常を壊す異常を引き起こすのではないかと。

　そう思った。

「変わったじゃないか」

　くろね子さんは言う。

「きみの、望みどおりに」

「……………」

　その意味では――望むところだ。

　ぼくの望んだことだった。

「まあ、本当は時針も停めたかったんですけれどね――それは諦めました。その程度のことだったんですよ、ぼくにとっては」

「どうだかね。伽島さんを時計塔の屋上に連れて行ったのは、彼女個人にピンポイントで刺激を与えようとしたからじゃないのかい？　穿った見方をすれば告白しようとしたことだって——殺人への誘導だと見られなくもない。揺さぶりだとね」

「違うと言っても——信じてもらえないでしょうね」

まあいいんだけど。

でも、ろり先輩やふや子さん、あるいは病院坂先輩に告白しようとした気持ちに嘘はない——そこに嘘があったのなら、ふや子さんに見抜かれて終わりじゃないか。

別にどう転んでもよかったんだ。

囲いが取れれば——それでよかった。

「まあ、結果的に合致してしまった以上、ぼくのせいだと言われてしまえばぼくのせいです。ぼくを真犯人として指摘しますか？」

「まさか。そんな資格は僕にはない。きみの恨みを買うのは御免だしね——迷路ちゃんの意思にもそむくことになるだろう。しょせん、僕にとってはパラレルワールドで起こっている事件のようなものだ。深くかかわる気はないよ」

「パラレルワールド、ですか」

「ああ。と言っても、長野県のことじゃないよ？」

「…………？」

えっと……。

ギャグなんだろうけど、かなり難解だな……なんで長野県がパラレルワールドなんだ？　何がどういう風にかかっているんだろう……。ワールド、じゃなくて……パラレルのほうか？　パラレル、パラレル……あ、わかった、スキーのパラレルだ。スキー板を平行にして滑る、熟練者の滑り方をパラレルと言うんだった。だからスキーの盛んな長野県を指してパラレルワールドと……わかりにくいよ！

しかも面白くない！

「しかし串中くん、きみのせいで人生を台無しにされた者がいることを考えれば僕の胸は大いに痛むね。被害者だけじゃない——伽島さんや崖村くんという加害者だってそうだ。……崖村くんに伽島さんを殺すように仕向けただろう？」

「……こぐ姉を殺した犯人がふや子さんだって教えてあげただけですよ。根拠となる全ての推理を添えてね。ただの親切心です――そのあと彼がどんな行動に出るかなんて、コントロールできるわけもない」

「やっぱり、きみが教えたんだね。でないと、崖村くんがわざわざ、自首する前にきみのところに来るはずもない――いくらお姉さんの弟とは言え、つい直前にそのお姉さんのことで決裂したばかりなのだから。……コントロールできなくとも予想はできただろう？　崖村くんの性格と――そしてきみが与えた動機を考えればね。むしろ崖村くんにしてみれば、伽島さんに先を越された――という思いもあったのかもしれないよね」

「穿ち過ぎじゃないですか？」

「きみが童野さんには真相を伏せて崖村くんにだけ伽島さんのことを教えたという点が、この場合の僕の根拠だよ」

「……まだぼくはろり先輩に真相を伏せたとは言っていませんよ」

ぼくはかろうじて、そう強がった。

まあ、言っていないんだけれど。

あの人は――性格的に、怒りに任せてふや子さんを殺したりはすまい。いや、殺したくともそれはできないだろう。彼女の持つふや子さんに対する苦手意識は、それくらいに高い。

彼女に真相を教えるパターンがあったとすれば――それは、崖村先輩がこぐ姉を殺した犯人だった場合だ。あの『本物』、崖村先輩を殺せるのはろり先輩だけだろう。

幼馴染だからね。

「崖村くんも、まさかきみの思い通りに動かされたとは思っていないだろうけどね。しかし、きみが伽島さんを殺そうとした理由はわかるよ――殺させた理由はわかるよ。お姉さんを殺された復讐だろう？」

「…………」

「だからこそ、きみは警察よりも早く犯人を突き止めたかった──迷路ちゃんとはまるで違う理由でだ。迷路ちゃんにとってそれはゲームだったが、きみにとってはただただ切実だった」

「まあ、そうですね」

ぼくは頷いた。

否定する意味はない。

「崖村先輩にしろろり先輩にしろふや子さんにしろ、三人のうち誰が犯人だったにしろ──全員、中学生です。人を一人殺しただけじゃ死刑にはならない──ふや子さんに至っては十二歳で、刑法の対象でさえない。……ぼくの大好きなこぐ姉を殺した罪は、命をもってしか償いようがないでしょう」

「……自分で殺させておいて、そんなことを言うかね」

「ぼくが殺したわけじゃありません」

あくまでもふや子さんが殺したのだ。

人を殺したんだ。

それ相応の罰を受けて当然である。

命を奪った罪は──命をもってしか償えない。

「まあ、ふや子さんを殺した崖村先輩については、通常の法律の範囲内で、罪を償ってきてくれればいいと思いますけれどね」

「伽島さんのことが好きだったんじゃないのかい？」

「好きでしたよ。でも他人です」

ぼくは言う。

「こぐ姉は家族でした」

「そこで先刻の疑問に立ち戻る」

くろね子さんは──

思い切り力強く、駒を盤面に叩きつけた。

それで詰めろだった。

ぼくの玉は動けない。

完全に、飛車と角に挟まれていた。

「そもそも、どうしてきみは、お姉さんを殺そうと思ったんだい？」

「……その質問に答える代わりに」

ぼくは、ゆっくりと盤面から顔を起こし──くろね子さんを見据えた。

「ぼくにもひとつ、教えていただけませんか？」

「なんなりと。エッチな質問でも構わないよ」

「くろね子さんは病院坂先輩の話が聞きたかったんじゃなくて――本当は、最初からその質問をするためだけに、ここに来たんじゃないんですか？　ぼくの話にいちいち驚いたみたいな風をしてくれていましたけれど、実はそんなこと、ご自慢の情報力とやらでわかりきっていたんじゃないんですか？」

「まさか。買いかぶりだよ」

　くろね子さんは大仰に肩を竦めた。

「前言を翻すようだけれど、僕の情報力にだって限りはあるさ。時計塔のトリックや、そのトリックはアリバイ工作のつもりじゃなかったというくだりには、本当に驚かさせてもらった。いくら僕でもここまでテリトリー外の中学校のことで知れる範囲なんて、たかが知れている――それでもまあ、そんな些細な情報でも、最初からきみが怪しいとは思っていたんだけれどね」

「なぜ」

「きみの行動は姉を殺された弟としては不自然だったからさ。女装して学校に出てきて、先輩に言いくるめられて探偵ごっこを始めて――一週間くらい落ち込んだ振りをしたところで、その不自然さは消えないさ。それもミステリー小説だったなら納得が行くけれどね？　人が死んだくらいのことで登場人物がいつまでも落ち込んでいたら話が進まないし――あるいは、それが逆にリアリティだとかなんだとか、聞いた風な言い訳も可能だろう。けれどやっぱり現実的にそれはない。きみの所作からはどう見ても不自然が香る」

「なるほど」

　でも――それは仕方がないことだ。

　ぼやぼやしていたら、警察がふや子さんをつかまえてしまっていた――本来は、一週間でさえ、冷却時間は長過ぎたくらいなのである。

「はあ……やれやれ」

「ん？　くだらないミスをしてしまったって感じかな？」

「いや――そんな当たり前の答なんだったら、大人しくエッチな質問をしておけばよかったと思っただけですよ」

「僕が今着用している下着は上下ともに水色だよ」

期待に応えてくれた。

なんだこの男子中学生の夢みたいな女子高生。

「それじゃあ串中くん、そろそろ僕の疑問に答えてくれるかい？　悪い癖でね、僕は『わからないこと』というのが我慢ならないんだよ。『わからないこと』が大嫌いで大嫌いで仕方がない――友人にもほとほと呆れられているんだけれどね、この癖だけは直らないんだ。そのために深夜バスにまで乗っちゃったよ」

「……それ」

何ももったいぶるようなことじゃない――下着の色を教えてもらってまで、隠し通さなきゃいけないようなことじゃない。

そしてぼくは――指さした。

くろね子さんの背後にある、二段ベッドを。

「それです」

「これ？　……このベッドかい？」

「ただのベッドじゃありません。二段ベッドです――ぼく達姉弟が、小さな頃からずっと使っているベッドでして――こぐ姉が上の段で、ぼくが下の段でした。こぐ姉は一度も、ぼくに上の段を譲ってくれなかった」

「……………」

「でも今はぼくが上の段を使っています」

ぼくは言った。

「こぐ姉が――いなくなったから」

こぐ姉が死んで――一週間。

ぼくは上の段で寝た。

お通夜にも葬式にも出ず、刑事にも会わず――

ずっとそこで寝ていた。

「本当——よく眠れますよ」

所詮、よくある理由だ。

きょーだい喧嘩の理由としてはけだし平凡と言えるだろう。

「一週間、学校を休んだのは……不自然さを偽装するためじゃなかったんだね」

くろね子さんは静かに言う。

こんな平凡な理由でも、彼女にとっては意外な『動機』であったようだ——それで、わざわざ深夜バスに乗ってまでここまで来た甲斐があったと、思ってくれればよいのだが。

「ただ単に——長年の望みが叶って、怠惰に寝ていただけだったんだ。本懐を遂げ、ただ休憩していただけだったんだ」

「もちろん、さっきくろね子さんが言ったみたいな偽装の意味合いもありましたよ——後付けですけどね。それに、こぐ姉が死んだことでぼくが少しも悲しまなかったなんて思って欲しくはありません。身を切られるようでしたよ——悲しみで胸が張り裂けそうでした」

「しかし……いや、そうでないと、崖村くんを伽島さんにけしかける理由はないか……」

「こぐ姉が悪いんですよ。一度もベッドを譲ってくれないから——自分がいないときにさえ、使っちゃ駄目だなんていうから——」

まあ、別に、どちらでもよかったのだ。

こぐ姉が殺されようが——殺されまいが。

いくら複数名をけしかけたところで現実的には殺されない可能性のほうがずっと高かっただろうし、またそれなら、ぼくは天然で愛らしい姉と、一緒に暮らし続けることができたのだから。

そして殺されたら殺されたで。

ぼくは快適な寝床を手に入れられる——

いずれにせよ、妄想するだけなら、罪にはならない。

「……委細納得したよ」

しばらくして、くろね子さんは言った。

「確かに、納得のいく理由だ。まあ、お姉さんの制服が着たかったからなんて動機じゃなくてほっとしたよ——これで、わからないことはなくなった。すっきりしたすっきりした。——とても晴れがましい、いい気分だ」

「そりゃどうも。お役に立てて光栄です」

「悪意はあっても犯意がなく、殺意はあっても決意がない——それがきみという人間だということか。ところで串中くん、次の手は？」

「え？　……ああ」

将棋の話ね。

ぼくはもう一度、抜け道を探して盤面に目を落とした。ふむ。もうちょっと足搔《あが》けそうではあるけれど——悪足搔きだな。

それくらいはわかる。

「ありません。投了です」

「そうかい。諦めがいいんだね。それじゃ、感想戦だ」

くろね子さんは立ち上がった。


「きみはもう少し、色んな人間を見たほうがいいね。広く世界を知ったほうがいい。そうでないと、いつかまた、僕みたいなのに足下をすくわれるぜ」

「将棋の感想戦じゃないんですか？」

「同じことだよ」

「あなたみたいなのが他にいるとは思いませんけれど」

「その辺が浅はかなのさ。ぼくは『わからないこと』を解消するためにここに来たんだけれど、こうなると、本当はきみに釘を刺すために来たんじゃないかという気がしてきたよ」

「釘を刺しに？」

「釘付けにしにきたって感じかな。この程度のことで自分の企みがうまくいった、完全犯罪を成し遂げたなんて思っちゃってたら、きみはろくな大人になれないだろうからね？　それとも、ピーターパン症候群でもないけれど、ひょっとしてきみは大人になんかなりたくないってタイプかな？　ふふん、まあどちらにしたって、今回目論見がうまくはまったのはたまたまだと、この僕を参考に思い知るべきだ。きみは時計塔の分針のほかにも色々と学校の中に『日常を打破するため』とやらの仕掛けを打っているだろうけれど、串中くん。同じことを二度もできると——思うなよ」

終始、愛想のよかったくろね子さんの表情が、一瞬だけ——厳しく、凜々しいものになったような気がした。

「自覚しよう。きみはこの僕と哲学を戦わせて負けたのだ」

まさしく釘を刺された気分だった。

酷く、たしなめられた感じだ。

「ああ……そっか」

ぼくは、くろね子さんから目を逸らすように、決着のついた盤面へと視線を落とした。

飛車角に挟まれた、ぼくの玉。

「そうですか——飛車角っていうのは、あなたみたいな人を言うんですね」

しかも、ひとりで大駒二つ分。

歩のない将棋は負け将棋——しかし、やはり飛車角の所有する破壊力は桁違いだった。

「だから——買いかぶりだよ」

くろね子さんは言った。

「ただの岡目八目さ。まあ、そうは言っても囲碁はあんまり嗜まないんだけれどね——そんなことよりも、わかってくれるかい？　串中くん。ゆめゆめ自分のことを天才だなんて思わないようにね」

「天才？　ぼくはただの十三歳です」

盤上の駒を、ぼくは手でかき集めて——将棋盤の中央に山積みにした。

「大人になんか、なりますよ」

「……それは重畳」

くろね子さんは魅惑的に笑んで——そこで初めて思い出したように、湯飲みを手に取って、ぐいっと一気に飲み干した。

度胸あるなあ。

この状況でぼくの出したお茶を飲むなんて。

……まあ、何も仕掛けちゃいないけどね。

それからふたり一緒に部屋を出て、階段を降り、玄関でくろね子さんが靴を履き終わるのを待って、

「しかし」

とぼくは言った。

「やっぱり、あなたみたいなのが他にいると思うとぞっとしますけれどね」

「そう構えないことだ。あまり肩肘張っていても、人生の楽しみを見失うよ。僕はそういう人間を少なからず知っている——」

「くろね子さん。僕と付き合ってもらえませんか?」

いきなり告白してみた。

ついに告白できた——ちなみに人生初告白。

くろね子さんは、しかし、それをまるで予測していたかのごとく、

「お断りだ」

と言った。

「僕と迷路ちゃんとの大きな違いがもうひとつあったな。迷路ちゃんは嫌われ者だったけれど、僕は人気者なんだ。そういうところが、迷路ちゃんには気に入らなかったみたいなんだけれどね——僕は誰かひとりのものにはならないよ。ぼくはみんなのくろね子さんさ」

「……そうですか」

うーむ。

従姉妹に揃って振られたな。

思ったよりも凹むものだ。

「ま、世の中にはうまくいかないことがあると、これでひとつ勉強になったんじゃないかな?」

「ええ。なりました」

「若人に説教し始めちゃ、僕もいよいよおしまいだけどね」

靴を履き終えて、くろね子さんは立ち上がる。

そして左手を差し出してきた。差し出されたその手に、跪《ひざまず》いてキスでもすれば格好いいのかもしれな

いが、残念ながらそこまでの度胸はぼくにはなかった。

普通に握手をする。

そしてぼくは訊いた。

これが正真正銘、掛け値なしに最後の質問だ。病院坂黒猫との最後の会話になるだろう。

「ねえ、くろね子さん。説教ついでに、後学のために教えてもらえませんか?」

「なんだい?」

「ぼく達とあなた達は——何が違うんです?」

「なんだ、そんなことか」

わかりきっているよ、とくろね子さんは言った。

そしてすぐに続ける。

「きみ達は——囲われているが」

扉を開けて、外の世界に一歩を踏み出しながら。

爽やかで屈託のない笑顔を交えて。

「僕達は——壊れている」

そして大きな音を立てて、扉は閉じられた。

決別の合図のような音だった。


もちろんそんな経験はないが、明日をも知れない広大な戦場において戦友と生き別れたときの気分というのは、きっとこんな感じなのではないかと思った。

参ったね、とぼくは呟く。

まあ、もちろん、何もかもがうまくいくだなんて、最初から思っちゃいない——けれどあれは反則だろう。

型破りにもほどがある。

しかしそれは逆に——囲われた世界にもしっかりと外側があることの、証明なのかもしれない。

そう思いながら——くろね子さんに刺された胸の釘を愛おしく撫で回しながら、ぼくは自分の部屋に戻った。

二度寝ならぬ三度寝をするためだ。

もちろん、使うベッドは上の段。

そうでこそ、こぐ姉も浮かばれるというものだろう——と、ふとそこで、ぼくは気付いた。先ほど、中途半端に片付けた将棋盤である。たまたま、盤の中央に積み重ねた駒の頂点に、銀将の駒が来ていたのだ。

　銀将。

「……そう言えば、一枚駒があまってたな」

　歩兵、金将、桂馬に香車――

　最終的に、飛車角に落とされる形になったけれど。

　使っていない持ち駒が、まだあった。

　嘘つき村の住人――童野黒理。

「でもまあ、今は別にしたいことも欲しいものもないしな――どうしたもんか。とりあえず、ちゃんと告白でもしてみよっかな？」

　銀は成らずに好手あり――だ。

　既に一度振られてはいるものの、しかしあの人の場合、くろね子さんと違って望みがないわけではないだろう。厄介な幼馴染は退場してくれたことだし……わからないことを嫌う彼女のように、ろり先輩がどうして病的なまでに嘘しかつかないのか――それを突き止めてみるのも面白いかもしれない。


　今後の予定を考えつつ、差し当たってぼくは駒の山から銀将だけを拾い取り、それをブラウスのポケットに大事に仕舞って、こぐ姉の制服のままで、梯子を登って二段ベッドの上の段に寝転がった。

　これでぼくは再び、異常から日常に帰る。

　つまらない異常からつまらない日常へ。

　なんであれ、帰る場所があるのはいいことだ。

　しかし確かに色々と紙一重ではあった。言われなくともこんな綱渡りは二度と御免だ――身の程は弁えている。誰が何と言おうと、所詮ぼくはいかれた偽物なのだから。

　まったく、犯人と探偵は他人にやらせるに限る。

The world is still enclosed.

後書

僕はあまり日本史には詳しくないのですが、それでも織田信長、豊臣秀吉、徳川家康の三名くらいはセットで記憶しています。とは言え別にユニットを組んでいたわけじゃないので三人セットで記憶するのはおかしな話なのかもしれませんが、しかしこれには理由があります。参考書か何かで、とあるエピソードを知ったのです。嘘か誠か、信長・秀吉・家康の三人がそれぞれ、自分の性格を五・七・五で表したら、というような話なんですが、確かこんな感じでした。信長が『鳴かぬなら・殺してしまえ・ほととぎす』。秀吉は『鳴かぬなら・鳴かしてみしょう・ほととぎす』。家康が『鳴かぬなら・鳴くまで待とう・ほととぎす』。改めて言うにはちょっと有名過ぎるエピソードなのでしょうが、当時小学生だった僕はこう思ったものです。「信長さま……出落ちじゃないですか！」。いや、三人いるんだから最初にそんな面白いこと言っちゃったらあとの二人がやりにくいというか、普通に考えればこれって順番が逆だよなあ、とか。まず『待とう』、それでも鳴かなければ『鳴かしてみしょう』、それでも鳴かなかったら、可哀想だけど『殺してしまえ』。これなら起承転結がしっかりしてますが、いきなり殺しちゃったら秀吉は何を鳴かして、家康は何を待つんだよ、みたいな？　そんなわけでこの三名をセットで記憶してしまった僕ですが、しかし考えてみれば、別に起承転結って、そこまで頑なに守らなければいけないルールじゃないんですよね。まるでストーリーメイキングの基礎みたいに『物語には起承転結が必要』と言われていますけれど、世界に無数に存在する本の中で、一体どれほどの割合の本が起承転結のルールを守っているかと問えば、案外その割合は低そうな気もします。具体的に題名をあげるつもりはないですけれど、本の中には、『起起起結』もあれば『結転結転』もありますよね。『起承転起』なんて、言葉だけ聞いたら天気予報みたいなものもあります。で、それが面白くないかと言えば、決してそんなことはないと。『結結結結』も『転転転転』も、書いてみれば意外と面白いかもしれません。まあ、『承承承承』だけは、どんな物語なのか想像の糸口もつかめませんけれど……。

本書は病院坂迷路を探偵役とするミステリー小説です。たぶん。まあ言ってしまえば以前講談社ノベルスから出版していただいた『きみとぼくの壊れた世界』と世界観を同じくする物語なのですが、それにしては前作から随分間が空いてしまったような気もします。そのお詫びと言っては何ですが、あちこちでしてきた「前作の登場人物は絶対に出てこない」という主張を撤回し、本作中のどこかに前作の探偵役、病院坂黒猫がこっそりと出演していたりします。時間に余裕のあるかたは探してみてください。病院坂一族は日本中に散らばっているという設定ですので、いつかまた、違う病院坂に出会うことがあるかもしれませんね。そんなわけで囲われてるから世界は世界、『不気味で素朴な囲われた世界』でした。

正直、ＴＡＧＲＯ先生のイラスト見たさに書かれたような小説でしたが、お楽しみいただけましたらば至上の幸せです。

西尾維新

N.D.C.913　239p　18cm

不気味《ぶきみ》で素朴《そぼく》な囲《かこ》われた世界《せかい》

二〇〇七年十月四日　第一刷発行　二〇一二年三月九日　第七刷発行

KODANSHA NOVELS

定価はカバーに表示してあります

著者—西尾維新《にしおいしん》

発行者—鈴木　哲

発行所—株式会社講談社

東京都文京区音羽二-一二-二一

郵便番号一一二-八〇〇一

編集部〇三-五三九五-三五〇六
販売部〇三-五三九五-五八一七
業務部〇三-五三九五-三六一五

本文データ制作—講談社文芸局DTPルーム

印刷所—凸版印刷株式会社　製本所—株式会社国宝社

ISBN978-4-06-182557-4